萧红作品精选集

# 风清月朗 淡淡品尝

唤醒书系

萧红 著

江苏凤凰文艺出版社
JIANGSU PHOENIX LITERATURE AND ART PUBLISHING, LTD

图书在版编目（CIP）数据

风清月朗，淡淡品尝 ：萧红作品精选集 / 萧红著. -- 南京 ：江苏凤凰文艺出版社，2018.8
（“唤醒”书系）
ISBN 978-7-5594-2538-6

Ⅰ. ①风… Ⅱ. ①萧… Ⅲ. ①小说集－中国－现代②散文集－中国－现代 Ⅳ. ①I216.2

中国版本图书馆 CIP 数据核字（2018）第 152345 号

**风清月朗，淡淡品尝 ：萧红作品精选集**

---

出 品 人　黄小初
著　　者　萧　红
责任编辑　李龙姣
责任校对　闻　艺

出版发行　江苏凤凰文艺出版社
出版社地址　南京市中央路 165 号，邮编：210009
出版社网址　http://www.jswenyi.com
印　　刷　三河市天润建兴印务有限公司
开　　本　710 毫米×1000 毫米 1/16
印　　张　15
字　　数　300 千字
版　　次　2018 年 8 月第 1 版　2018 年 8 月第 1 次印刷
书　　号　ISBN 978-7-5594-2538-6
定　　价　39.80 元


营销电话：025-68520896
地址：南京市栖霞区紫东路 1 号紫东国际创意园 F2 栋 4 楼
江苏凤凰文艺出版社图书凡印装错误可向承印厂调换

# 目　录

## 第一章　一纸暖伤



## 第二章　灰色人像

## 第三章　一生向往



## 第四章　面包花香

# 第一章

# 一纸暖伤

小城里被杨花给装满了，在榆树还没变黄之前，大街小巷到处飞着，像纷纷落下的雪块……春来了。人人像久久等待着一个大暴动，今天夜里就要举行，人人带着犯罪的心情，想参加到解放的尝试……春吹到每个人的心坎，带着呼唤，带着蛊惑……

# 祖父死了的时候

祖父总是有点变样子，他喜欢流起眼泪来，同时过去很重要的事情他也忘掉。比方过去那一些他常讲的故事，现在讲起来，讲了一半下一半他就说："我记不得了。"

某夜，他又病了一次，经过这一次病，他竟说："给你三姑写信，叫她来一趟，我不是四五年没看过她吗？"他叫我写信给我已经死去五年的姑母。

那次离家是很痛苦的。学校来了开学通知信，祖父又一天一天地变样起来。

祖父睡着的时候，我就躺在他的旁边哭，好像祖父已经离开我死去似的，一面哭着一面抬头看他凹陷的嘴唇。我若死掉祖父，就死掉我一生最重要的一个人，好像他死了就把人间一切"爱"和"温暖"带得空空虚虚。我的心被丝线扎住或铁丝绞住了。

我联想到母亲死的时候。母亲死以后，父亲怎样打我，又娶一个新母亲来。这个母亲很客气，不打我，就是骂，也是指着桌子或椅子来骂我。客气是越客气了，但是冷淡了，疏远了，生人一样。

"到院子去玩玩吧！"祖父说了这话之后，在我的头上撞了一下，"喂！你看这是什么？”一个黄金色的橘子落到我的手中。

夜间不敢到茅厕去，我说：“妈妈同我到茅厕去趟吧。”

“我不去！”

“那我害怕呀！”

“怕什么？”

“怕什么？怕鬼怕神？”父亲也说话了，把眼睛从眼镜上面看着我。

冬天，祖父已经睡下，赤着脚，开着纽扣跟我到外面茅厕去。

学校开学，我迟到了四天。三月里，我又回家一次，正在外面叫门，里面小弟弟嚷着：“姐姐回来了！姐姐回来了！”大门开时，我就远远注意着祖父住着的那间房子。果然祖父的面孔和胡子闪现在玻璃窗里。我跳着笑着跑进屋去。但不是高兴，只是心酸，祖父的脸色更惨淡更白了。等屋子里一个人没有时，他流着泪，他慌慌忙忙的一边用袖口擦着眼泪，一边抖动着嘴唇说：“爷爷不行了，不知早晚……前些日子好险没跌……跌死。”

“怎么跌的？”

“就是在后屋，我想去解手，招呼人，也听不见，按电铃也没有人来，就得爬啦。还没爬到后门口，腿颤，心跳，眼前发花了一阵就倒下去。没跌断了腰……人老了，有什么用处！爷爷是八十一岁呢。”

“爷爷是八十一岁。”

“没用了，活了八十一岁还是在地上爬呢！我想你看不着爷爷了，谁知没有跌死，我又慢慢爬到炕上。”

我走的那天也是和我回来那天一样，白色的脸的轮廓闪现在玻璃窗里。

在院心我回头看着祖父的面孔，走到大门口，在大门口我仍可看见，出了大门，就被门扇遮断。

从这一次祖父就与我永远隔绝了。虽然那次和祖父告别，并没说出一个永别的字。我回来看祖父，这回门前吹着喇叭，幡杆挑得比房头更高，马车离家很远的时候，我已看到高高的白色幡杆了，吹鼓手们的喇叭苍凉的在悲号。马车停在喇叭声中，大门前的白幡、白对联、院心的灵棚、闹嚷嚷许多人，吹鼓手们响起呜呜的哀号。

这回祖父不坐在玻璃窗里，是睡在堂屋的板床上，没有灵魂地躺在那里。我要看一看他白色的胡子，可是怎样看呢！拿开他脸上蒙着的纸吧，胡子、眼睛和嘴，都不会动了，他真的一点感觉也没有了？我从祖父的袖管里去摸他的手，手也没有感觉了。祖父这回真死去了啊！

祖父装进棺材去的那天早晨，正是后园里玫瑰花开放满树的时候。我扯着祖父的一张被角，抬向灵前去。吹鼓手在灵前吹着大喇叭。

我怕起来，我号叫起来。

“咣咣！”黑色的，半尺厚的灵柩盖子压上去。

吃饭的时候，我饮了酒，用祖父的酒杯饮的。饭后我跑到后园的瑰树下去卧倒，园中飞着蜂子和蝴蝶，绿草的清凉的气味，这都和十年前一样。可是十年前死了妈妈。妈妈死后我仍是在园中扑蝴蝶；这回祖父死去，我却饮了酒。

过去的十年我是和父亲打斗着生活。在这期间我觉得人是残酷的东西。父亲对我是没有好面孔的，对于仆人也是没有好面孔的。他对于祖父也是没有好面孔的。因为仆人是穷人，祖父是老人，我是个小孩子，所以我们这些完全没有保障的人就落到他的手里。后来我看到新娶来的母亲也落到他的手里，他喜欢她的时候，便同她说笑，他恼怒时便骂她，母亲渐渐也怕起父亲来。

母亲也不是穷人，也不是老人，也不是孩子，怎么也怕起父亲来呢？我到邻家去看看，邻家的女人也是怕男人。我到舅家去，舅母也是怕舅父。

我懂得的尽是些偏僻的人生，我想世间死了祖父，就没有再同情我的人了，世间死了祖父，剩下的尽是些凶残的人了。

我饮了酒，回想，幻想……

以后我必须不要家，到广大的人群中去，但我在玫瑰树下颤怵了，人群中没有我的祖父。

所以我哭着，整个祖父死的时候我哭着。

# 中秋节

记得青野送来一大瓶酒，董醉倒在地下，剩我自己也没得吃月饼。小屋寂寞的，我读着诗篇，自己过个中秋节。

我想到这里，我不愿再想，望着四面清冷的壁，望着窗外的天。我侧倒在床上，看一本书，一页，两页，许多页，不愿看。那么我听着桌子上的表，看着瓶里不知名的野花，我睡了。

那不是青野吗？带着枫叶进城来，在床沿大家默坐着。枫叶插在瓶里，放在桌上，后来枫叶干了坐在院心。常常有东西落在头上，啊，小圆枣滚在墙根外。枣树的命运渐渐完结着。晨间学校打钟了，正是上学的时候，梗妈穿起棉袄打着嚏喷在扫偎在墙根哭泣的落叶。我也打着嚏喷。梗妈捏了我的衣裳说：“九月时节穿单衣服，怕是害凉。”

董从他房里跑出，叫我多穿件衣服。

我不肯，经过阴凉的街道走进校门。在课室里可望到窗外黄叶的芭蕉。同学们一个跟着一个的向我问：

“你真耐冷，还穿单衣。”

“你的脸为什么紫色呢？”

“倒是关外人……”

她们说着，拿女人专有的眼神闪视。

到晚间，嚏喷打得越多，头痛，两天不到校。上了几天课，又是两天不到校。

森森的天气紧逼着我，好像秋风逼着黄叶样，新历一月一日降雪了，我打起寒颤。开了门望一望雪天，呀！我的衣裳薄得透明了，结了冰般地。跑回床上，床也结了冰般的。我在床上等着董哥，等得太阳偏西，董哥偏不回来。向梗妈借十个大铜板，于是吃烧饼和油条。

青野踏着白雪进城来，坐在椅间，他问：“绿叶怎么不起呢？”

梗妈说：“一天没起，没上学，可是董先生也出去一天了。”

青野穿的学生服，他摇摇头，又看了自己有洞的鞋底，走过来他站在床边又问：“头痛不？”把手放在我头上试热。

说完话他去了，可是太阳快落时，他又回转来。董和我都在猜想。他把两元钱放在梗妈手里，一会就是门外送煤的小车子哗铃的响，又一会小煤炉在地心红着。同时，青野的被子进了当铺，从那夜起，他的被子没有了，盖着褥子睡。

这已往的事，在梦里关不住了。

门响，我知道是三郎回来了，我望了望他，我又回到梦中。可是他在叫我：“起来吧，悄悄，我们到朋友家去吃月饼。”

他的声音使我心酸，我知道今晚连买米的钱都没有，所以起来了，去到朋友家吃月饼。人嚣着，经过菜市，也经过睡在路侧的僵尸，酒醉得晕晕的，走回家来，两人就睡在清凉的夜里。

三年过去了，现在我认识的是新人，可是他也和我一样穷困，使我记起三年前的中秋节来。

# 破落之街

天明了，白白的阳光空空的染了全室。

我们快穿衣服，折好被子，平结他自己的鞋带，我结我的鞋带。他到外面去打洗脸水，等他回来的时候，我气愤地坐在床沿。他手中的水盆被他忘记了，有水泼到地板。他问我，我气愤着不语，把鞋子给他看。

鞋带是断成三段了，现在又断了一段。他重新解开他的鞋子，我不知他在做什么，我看他向床间寻了寻，他是找剪刀，可是没买剪刀，他失望地用手把鞋带变成两段。

一条鞋带也要分成两段，两个人束着一条鞋带。

他拾起桌上的铜板说：

“就是这些吗？”

“不，我的衣袋还有哩！”

那仅是半角钱，他皱眉，他不愿意拿这票子。终于下楼了，他说：“我们吃什么呢？”

用我的耳朵听他的话，用我的眼睛看我的鞋，一只是白鞋带，另一只是黄鞋带。

秋风是紧了，秋风的凄凉特别在破落之街道上。

苍蝇满集在饭馆的墙壁，一切人忙着吃喝，不闻苍蝇。

“伙计，我来一分钱的辣椒白菜。”

“我来二分钱的豆芽菜。”

别人又喊了，伙计满头是汗。

“我再来一斤饼。”

苍蝇在那里好像是哑静了，我们同别的一些人一样，不讲卫生体面，我觉得女人必须不应该和一些下流人同桌吃饭，然而我是吃了。

走出饭馆门时，我很痛苦，好像快要哭出来，可是我什么人都不能抱怨。平他每次吃完饭都要问我：

“吃饱没有？”

我说：“饱了！”其实仍有些不饱。

今天他让我自己上楼：“你进屋去吧！我到外面有点事情。”

好像他不是我的爱人似的，转身下楼离我而去了。

在房间里，阳光不落在墙壁上，那是灰色的四面墙，好像匣子，好像笼子，墙壁在逼着我，使我的思想没有用，使我的力量不能与人接触，不能用于世。

我不愿意我的脑浆翻绞，又睡下，拉我的被子，在床上辗转，仿佛是个病人一样，我的肚子叫响，太阳西沉下去，平没有回来。我只吃过一碗玉米粥，那还是清早。

他回来，只是自己回来，不带馒头或别的充饥的东西回来。

肚子越响了，怕给他听着这肚子的呼唤，我把肚子翻向床，压住这呼唤。

“你肚疼吗？”我说不是，他又问我：

“你有病吗？”

我仍说不是。

“天快黑了，那么我们去吃饭吧！”

他是借到钱了吗?

“五角钱哩!”

泥泞的街道，沿路的屋顶和蜂巢样密挤着，平房屋顶，又生出一层平屋来。那是用板钉成的，看起像是楼房，也闭着窗子，歇着门。可是生在楼房里的不像人，是些猪猡，是污浊的群。我们往来都看见这样的景致。现在街道是泥泞了，肚子是叫唤了!一心要奔到苍蝇堆里，要吃馒头。桌子的对边那个老头，他唠叨起来了，大概他是个油匠，胡子染着白色，不管衣襟或袖口，都有斑点花色的颜料，他用有颜料的手吃东西。并没能发现他是不讲卫生，因为我们是一道生活。

他嚷了起来，他看一看没有人理他，他升上木凳好像老旗杆样，人们举目看他。终归他不是造反的领袖，那是私事，他的粥碗里面睡着个苍蝇。

大家都笑了，笑他一定在发神经病。

“我是老头子了，你们拿苍蝇喂我!”他一面说，有点伤心。

一直到掌柜的呼唤伙计再给他换一碗粥来，他才从木凳降落下来。但他寂寞着，他的头摇曳着。

这破落之街我们一年没有到过了。我们的生活技术比他们高，和他们不同，我们是从水泥中向外爬。可是他们永远留在那里，那里淹没着他们的一生，也淹没着他们的子子孙孙，但是这要淹没到什么时代呢?

我们也是一条狗，和别的狗一样没有心肝。我们从水泥中自己向外爬，忘记别人，忘记别人。

# 蹲在洋车上

看到了乡巴佬坐洋车，忽然想起一个童年的故事。

当我还是小孩的时候，祖母常常进街。我们并不住在城外，只是离市镇较偏的地方罢了！有一天，祖母又要进街，她命令我：

“叫你妈妈把斗风给我拿来！”

那时因为我过于娇惯，把舌头故意缩短一些，叫斗篷作斗风，所以祖母学着我，把风字拖得很长。

她知道我最爱惜皮球，每次进街的时候，她问我：

“你要些什么呢？”

“我要皮球。”

“你要多大的呢？”

“我要这样大的。”

我赶快把手臂拱向两面，好像张着的鹰的翅膀。大家都笑了！祖父轻动着嘴唇，好像要骂我一些什么话，因我的小小的姿式感动了他。

祖母的斗篷消失在高烟囱的背后。

等她回来的时候，什么皮球也没带给我，可是我也不追问一声：

“我的皮球呢？”

因为每次她也不带给我；下次祖母再上街的时候，我仍说是要皮球，我是说惯了！我是熟练而惯于作那种姿式。

祖母上街尽是坐马车回来。今天却不是，她睡在仿佛是小槽子里，大概是槽子装置了两个大车轮。非常轻快，雁似的从大门口飞来，一直到房门。在前面挽着的那个人，把祖母停下。我站在玻璃窗里，小小的心灵上，有无限的奇秘冲击着。我以为祖母不会从那里头走出来，我想祖母为什么要被装进槽子里呢？我渐渐惊怕起来，我完全成个呆气的孩子，把头盖顶住玻璃，想尽方法理解我所不能理解的那个从来没有见过的槽子。

很快我领会了！看见祖母从口袋里拿钱给那个人，并且祖母非常兴奋，她说叫着，斗篷几乎从她的肩上脱溜下去！

“呵！今天我坐的东洋驴子回来的。那是过于安稳呀！还是头一次呢，我坐过安稳的车子！”

祖父在街上也看见过人们所呼叫的东洋驴子，妈妈也没有奇怪。只是我，仍旧头皮顶撞在玻璃窗那儿。我眼看那个驴子从大门口飘飘的不见了！我的心魂被引了去。

等我离开窗子，祖母的斗篷已是脱在炕的中央，她嘴里叨叨地讲着她街上所见的新闻，可是我没有留心听，就是给我吃什么糖果之类，我也不会留心吃，只是那样的车子太吸引我了！太捉住我小小的心灵了！

夜晚在灯光里，我们的邻居，刘三奶奶摇闪着走来，我知道又是找祖母来谈天的，所以我稳当当地占了一个位置在桌边。于是我咬起嘴唇来，仿佛大人样能了解一切话语。祖母又讲关于街上所见的新闻，我用心听，我十分费力！

“……那是可笑，真好笑呢！一切人站下瞧，可是那个乡下佬还是不知道笑自己。拉车的回头才知道乡巴佬是蹲在车子前放脚的地方，拉车的问：‘你为什么蹲在这地方？’

“他说怕拉车的过于吃力，蹲着不是比坐着强吗？比坐在那里不是轻吗？所以没敢坐下。……”

邻居的三奶奶，笑得几个残齿完全摆在外面。我也笑了！祖母还说，她感到这个乡巴佬难以形容，她的态度，她用所有的一切字眼，都是引人发笑。

“后来那个乡巴佬，你说怎么样！他从车上跳下来，拉车的问他为什么跳？他说：‘若是蹲着吗！那还行，坐着！我实在没有那样的钱。’拉车的说：坐着，我不多要钱。那个乡巴佬到底不信这话，从车上搬下他的零碎东西，走了。他走了！”

我听得懂，我觉得费力，我问祖母：

“你说的，那是什么驴子？”

她不懂我的半句话，拍了我的头一下，当时我真是不能记住那样繁复的名词。过了几天祖母又上街，又是坐驴子回来的，我的心里渐渐羡慕那驴子，也想要坐驴子。

过了两年，六岁了！我的聪明，也许是我的年岁吧！支持着我使我愈见讨厌我那个皮球，那真是太小，而又太旧了；我不能喜欢黑脸皮球，我爱上邻家孩子手里那个大的；买皮球，好像我的志愿，一天比一天坚决起来。

向祖母说，她答：“过几天买吧！你先玩这个吧！”

又向祖父请求，他答：“这个还不是很好吗？不是没有出气吗？”

我得知他们的意思是说旧皮球还没有破，不能买新的。于是把皮球在脚下用力捣毁它，任是怎样捣毁，皮球仍是很圆，很鼓，后来到祖父面前让他替我踏破！祖父变了脸色，像是要打我，我跑开了！

从此，我每天表示不满意的样子。

终于一天晴朗的夏日，戴起小草帽来，自己出街去买皮球了！朝向母亲曾领我到过的那家铺子走去。离家不远的时候，我的心志非常光明，能够分辨方向，我知道自己是向北走。过了一会，不然了！太阳我也找不着了！一些些的招牌，依我看来都是一个样，街上的行人好像每个要撞倒我似的，就连马车也好像是旋转着。我不晓得自己走了多远，但我实在疲劳。不能再寻找那家商店；我急切地想回家，可是家也被寻觅不到。我是从哪一条路来的？究竟家是在什么方向？

我忘记一切危险，在街心停住，我没有哭，把头向天，愿看见太阳。因为平常爸爸不是拿着指南针看看太阳就知道或南或北吗？我既然看了！只见太阳在街路中央，别的什么都不能知道，我无心留意街道，跌倒了在阴沟板上面。

“小孩！小心点！”

身边的马车夫驱着车子过去，我想问他我的家在什么地方，他走过了！我昏沉极了！忙问一个路旁的人：

“你知道我的家吗？”

他好像知道我是被丢的孩子，或许那时候我的脸上有什么急慌的神色，那人跑向路的那边去。把车子拉过来，我知道他是洋车夫，他和我开玩笑一般：

“走吧！坐车回家吧！”

我坐上了车，他问我，总是玩笑一般地：

“小姑娘！家在哪里呀？”

我说：“我们离南河沿不远，我也不知道哪面是南，反正我们南边有河。”

走了一会，我的心渐渐平稳，好像被动荡的一盆水，渐渐静止下来，可是不多一会，我忽然忧愁了！抱怨自己皮球仍是没有买成！从皮球连想到祖母骗我给买皮球的故事，很快又联想到祖母讲的关于乡巴佬坐东洋车的故事。于是我想试一试，怎样可以像个乡巴佬。该怎样蹲法呢？轻轻地从座位滑下来，当我还没有蹲稳当的时节，拉车的回过头来：

“你要做什么呀？”

我说：“我要蹲一蹲试试，你答应我蹲吗？”

他看我已经偎在车前放脚的那个地方，于是他向我深深地做了一个鬼脸，嘴里哼着：

“倒好哩！你这个孩子，很会淘气！”

车子跑得不很快，我忘记街上有没有人笑我。车跑到红色的大门楼，我知道到家了，我应该起来呀！应该下车呀！不，目的想给祖母一个意外的发笑，等车拉到院心，我仍蹲在那里，像耍猴人的猴样，一动不动。祖母笑着跑出来了！祖父也是笑！我怕他们不晓得我的意思，我用尖音喊：

“看我！乡巴佬蹲东洋驴子！乡巴佬蹲东洋驴子呀！”

只有妈妈大声骂着我，忽然我怕她要打我，我是偷着上街。

洋车忽然放停，从上面我倒滚下来，不记得被跌伤没有。祖父猛力打了拉车的，说他欺侮小孩，说他不让小孩坐车让蹲在那里。没有给他钱，从院子把他轰出去。

所以后来，无论祖父对我怎样疼爱，心里总是生着隔膜，我不同意他打洋车夫，我问：

“你为什么打他呢？那是我自己愿意蹲着。”

祖父把眼睛斜视一下：“有钱的孩子是不受什么气的。”

现在我是二十多岁了！我的祖父死去多年了！在这样的年代中，我没发现一个有钱的人蹲在洋车上；他有钱，他不怕车大吃力，他白己没拉过车，白己所尝到的，只是被拉着的舒服滋味。假若偶尔有钱家的小孩子要蹲在车厢中玩一玩，那么孩子的祖父出来，拉洋车的便要被打。

可是我呢？现在变成个没有钱的孩子了！

# 小黑狗

像从前一样，大狗是睡在门前的木台上。望着这两只狗我沉默着，我自己知道又是想起我的小黑狗来了。

前两个月的一天早晨，我去倒脏水。在房后的角落处，房东的使女小钰蹲在那里。她的黄头发毛着，我记得清楚的，她的衣扣还开着。我看见的是她的背面，所以我不能预测这是什么事发生了。

我斟酌着我的声音，还不等我向她问，她的手已在颤颤，唔！她颤颤的小手上有只小狗在闭着眼睛，我问：

“哪里来的？”

“你来看吧！”

她说着，我只看她毛蓬的头发摇了一下，手上又是一只小狗在闭着眼睛。

不仅一只两只，不能辨清是几只，简直是一小堆。我也和孩子一样，和小钰一样欢喜着跑进屋去，在床边拉他的手：

“平森……啊，……喔喔……”

我的鞋底在地板上响，但我没说出一个字来，我的嘴废物似的啊喔着。他的眼睛瞪着，和我一样，我是为了欢喜，他是为了惊愕。最后我告诉了他是房东的大狗生了小狗。

过了四天，别的一只母狗也生了小狗。

以后小狗都睁开眼睛了。我们天天玩着它们，又给小狗搬了个家，把它们都装进木箱里。

争吵就是这天发生的：小钰看见老狗把小狗吃掉一只，怕是那只老狗把它的小狗完全吃掉，所以不同意那个老狗，大家就抢夺着把余下的三只小狗也给装进木箱去，算是那白花狗生的。

那个毛褪得稀疏，骨骼突露，瘦得龙样似的老狗，追上来。白花狗仗着年轻不惧敌哼吐着开仗的声音。平时这两只狗从不咬架，就连咬人也不会。现在凶恶极了，就像两条小熊在咬架一样。房东的男儿，女儿，听差，使女，又加我们两个，此时都没有用了。不能使两只狗分开。两只狗满院疯狂地拖跑。人也疯狂着，在人们吵闹的声音里，老狗的乳头脱掉一个，含在白花狗的嘴里。

人们算是把狗打开了。老狗再追去时，白花狗已经把乳头吐到地上跳进木箱看护它的一群小狗去了。

脱掉乳头的，血流着，痛得满院转走。木箱里它的三只小狗却拥挤着不是自己的妈妈在安然地吃奶。

有一天把只小狗抱进屋来放在桌上，它害怕，不能迈步，全身有些颤，我笑着像是得意，说：

“平森，看小狗啊！”

他却相反，说道：

“哼！现在觉得小狗好玩，长大要饿死的时候，就没人管了。”

这话间接的可以了解。我笑着的脸被这话毁坏了，用我寞寞的手，把小狗送了出去，我心里有些不愿意，不愿意小狗将来饿死。可是我却没有说什么，面向后窗我看望后窗外的空地，这块空地没有阳光照过，四面立着有产阶级的高楼，几乎是和阳光绝了缘。不知什么时候，小狗是腐了，乱了，挤在木板下，左近有苍蝇飞着。我的心情完全神经质下去，好像躺在木板下的小狗就是我自己，像听着苍蝇在自己的尸体上寻食一样。

平森走过来，我怕又要证实他方才的话，我假装无事，可是他已经看见那个小狗了！我怕他又要象征着说什么，可是他已经说了：

“一个小狗死在这没有阳光的地方，你觉得可怜么？年老的叫花子不能寻食，死在阴沟里，或是黑暗的街道上。女人，孩子，就是年轻人失了业的时候也是一样。”

我愿意哭出来，但我怕人都说女人一哭就算了事，我不愿意了事。可是慢慢地我终于哭了！他说：“悄悄，你要哭么？这是平常的事，冻死，饿死，黑暗死，每天有这样的事情，把持住自己！渡我们的桥梁吧！小孩子！”

我怕羞地把眼泪拭干了，但，终日我是心情寞寞。

过了些日子，十二只小狗之中又少了两只。但是这些更可爱了！会摇尾巴，会学着大狗叫，跑起来在院子就是一小群。有时门口来了生人，它们也跟着大狗跑去，并不咬，只是摇着尾巴，就像和生人要好似的，这或是小狗还不晓得它们的责任，还不晓得保护主人的财产。

天井中纳凉的软椅上，房东太太吸着烟，她开始说家常话了。结果又说到了小狗：

“这一大群什么用也没有，一个好看的也没有，过几天，把它远远地送到马路上去——秋天又要有一群，厌死人了！”

坐在软椅旁边的是个六十多岁的老经管。眼花着，有主意地嘴吃着说：

“明明……天，用麻……袋背送到大江去。”

小钰是个小孩子，她说：

“不用送大江，慢慢都会送出去。”

小狗满院跑跳。我最愿意看的是它们睡觉，多是一个压着一个脖子睡，小圆肚一个个的相挤着。是凡来了熟人的时候都是往外介绍，生得好看一点的抱走了几个。

其中有一个耳朵最大，肚子最圆的小黑狗，算是我的了！我们的朋友用小提篮带回去两个，剩下的只有一只小黑狗，和一只小黄狗。老狗对它两个，非常珍惜起来，争着给小狗去舐绒毛，这时候，小狗在院子里已经不成群了！

我从街上回来，打开窗子。我读一本小说。那只小黄狗它挠窗纱，和我玩笑似的竖起身子来，挠了又挠。

我想：

“怎么几天没有见到小黑狗呢？”

我喊了小钰。别的同院住的人都出来了，找遍全院，不见我的小黑狗。马路上也没有可爱的小黑狗，再看不见它的大耳朵了！它忽然地失了踪！

又过三天小黄狗也被人拿走。

没有妈妈的小钰向我说：

“大狗一听隔院的小狗叫，它就想起它的孩子。可是满院急寻，上楼顶去张望，最终一个都不见。它哽哽地叫呢！”

十三只小狗一个不见了！和两个月以前一样，大狗是孤独地睡在木台上。

平森的小脚，鸽子形的小脚，栖在床单上，他是睡了！我在写，我在想，玻璃窗上的三个苍蝇在飞……

# 永久的憧憬和追求

一九一一年，在一个小县城里边，我生在一个小地主的家里。那县城差不多就是中国的最东最北部——黑龙江省——所以一年之中，倒有四个月飘着白雪。

父亲常常为着贪婪而失掉了人性。他对待仆人，对待自己的儿女，以及对待我的祖父都是同样的吝啬而疏远，甚至于无情。

有一次，为着房屋租金的事情，父亲把房客的全套的马车赶了过来。房客的家属们哭着，诉说着，向我的祖父跪了下来，于是祖父把两匹棕色的马从车上解下来还了回去。

为着这两匹马，父亲向祖父起着终夜的争吵。“两匹马，咱们是算不了什么的，穷人，这两匹马就是命根。”祖父这样说着，而父亲还是争吵。九岁时，母亲死去。父亲也就更变了样，偶然打碎了一只杯子，他就要骂到使人发抖的程度。后来就连父亲的眼睛也转了弯，每从他的身边经过，我就像自己的身上生了针刺一样；他斜视着你，他那高傲的眼光从鼻梁经过嘴角而后往下流着。

所以每每在大雪中的黄昏里，围着暖炉，围着祖父，听着祖父读着诗篇，看着祖父读着诗篇时微红的嘴唇。

父亲打了我的时候，我就在祖父的房里，一直面向着窗子，从黄昏到深夜——窗外的白雪，好像白棉花一样飘着；而暖炉上水壶的盖子，则像伴奏的乐器似的振动着。

祖父时时把多纹的两手放在我的肩上，而后又放在我的头上，我的耳边便响着这样的声音：

“快快长吧！长大就好了。”

二十岁那年，我就逃出了父亲的家庭。直到现在还是过着流浪的生活。

“长大”是“长大”了，而没有“好”。

可是从祖父那里，知道了人生除掉了冰冷和憎恶而外，还有温暖和爱。

所以我就向这“温暖”和“爱”的方面，怀着永久的憧憬和追求。

# 花　狗

在一个深奥的，很小的院心上，集聚几个邻人。这院子种着两棵大芭蕉，人们就在芭蕉叶子下边谈论着李寡妇的大花狗。

有的说：

“看吧，这大狗又倒霉了。”

有的说：

“不见得，上回还不是闹到终归儿子没有回来，花狗也饿病了，因此李寡妇哭了好几回……”

“唉，你就别说啦，这两天还不是么，那大花狗都站不住了，若是人一定要扶着墙走路……”

人们正说着，李寡妇的大花狗就来了。它是一条虎狗，头是大的，嘴是方的，走起路来很威严，全身是黄毛带着白花。它从芭蕉叶里露出来了，站在许多人的面前，还勉强的摇一摇尾巴。

但那原来的姿态完全不对了，眼睛没有一点光亮，全身的毛好像要脱落似的在它的身上飘浮着。而最可笑的是它的脚掌很稳的抬起来，端得平平的再放下去，正好像希特勒的在操演的军队的脚掌似的。

人们正想要说些什么，看到李寡妇戴着大帽子从屋里出来，大家就停止了，都把眼睛落到李寡妇的身上。她手里拿着一把黄香，身上背着一个黄布口袋。

“听说少爷来信了，倒是吗？”

“是的，是的，没有多少日子，就要换防回来的……是的……亲手写的信来……我是到佛堂去烧香，是我应许下的，只要老佛保佑我那孩子有了信，从那天起，我就从那天三遍香烧着，一直到他回来……”那大花狗仍照着它平常的习惯，一看到主人出街，它就跟上去，李寡妇一边骂着就走远了。

那班谈论的人，也都谈论一会各自回家了。

留下了大花狗自己在芭蕉叶下蹲着。

大花狗，李寡妇养了它十几年，李老头子活着的时候，和她吵架，她一生气坐在椅子上哭半天会一动不动的，大花狗就陪着她蹲在她的脚尖旁。她生病的时候，大花狗也不出屋，就在她旁边转着。她和邻居骂架时，大花狗就上去撕人家衣服。她夜里失眠时，大花狗摇着尾巴一直陪她到天明。

所以她爱这狗胜过于一切了，冬天给这狗做一张小棉被，夏天给它铺一张小凉席。

李寡妇的儿子随军出发了以后，她对这狗更是一时也不能离开的，她把这狗看成个什么都能了解的能懂人性的了。

有几次她听了前线上恶劣的消息，她竟拍着那大花狗哭了好几次，有的时候像枕头似的枕着那大花狗哭。

大花狗也实在惹人怜爱，卷着尾巴，虎头虎脑的，虽然它忧愁了，寂寞了，眼睛无光了，但这更显得它柔顺，显得它温和。所以每当晚饭以后，它挨着家是凡里院外院的人家，它都用嘴推开门进去拜访一次，有剩饭的给它，它就吃了，无有剩饭，它就在人家屋里绕了一个圈就静静的出来了。这狗流浪了半个月了，它到主人旁边，主人也不打它，也不骂它，只是什么也不表示，冷静的接受了它，而并不是按着一定的时候给东西吃，想起来就给它，忘记了也就算了。

大花狗落雨也在外边，刮风也在外边，李寡妇整大锁着门到东城门外的佛堂去。

有一天她的邻居告诉她：

“你的大花狗，昨夜在街上被别的狗咬了腿流了血……”

“是的，是的，给它包扎包扎。”

“那狗实在可怜呢，满院子寻食……”邻人又说。

“唉，你没听在前线上呢，那真可怜……咱家里这一只狗算什么呢？”她忙着话也没说完，又背着黄布口袋上佛堂烧香去了。

等邻人第二次告诉她说：

“你去看看你那狗吧！”

那时候大花狗已经躺在外院的大门口了，躺着动也不动，那只被咬伤了的前腿，晒在太阳下。

本来李寡妇一看了也多少引起些悲哀来，也就想喊人来花两角钱埋了它。但因为刚刚又收到儿子一封信，是广州退却时写的，看信上说儿子就该到家了，于是她逢人便讲，竟把花狗又忘记了。

这花狗一直在外院的门口，躺了三两天。

是凡经过的人都说这狗老死了，或者是被咬死了，其实不是，它是被冷落死了。

# 小城三月

## 一

三月的原野已经绿了，像地衣那样绿，透出在这里，那里。郊原上的草，是必须转折了好几个弯儿才能钻出地面的，草儿头上还顶着那胀破了种粒的壳，发出一寸多高的芽子，欣幸地钻出了土皮。放牛的孩子，在掀起了墙脚片下面的瓦片时，找到了一片草芽了，孩子们到家里告诉妈妈，说：“今天草芽出土了！”妈妈惊喜地说：“那一定是向阳的地方！”抢根菜的白色的圆石似的籽儿在地上滚着，野孩子一升一斗地在拾。蒲公英发芽了，羊咩咩地叫，乌鸦绕着杨树林子飞，天气一天暖似一天，日子一寸一寸的都有意思。杨花满天照地地飞，像棉花似的。人们出门都是用手捉着，杨花挂着他了。

草和牛粪都横在道上，放散着强烈的气味，远远的有用石子打船的声音，空空……的大响传来。

河冰发了，冰块顶着冰块，苦闷的又奔放地向下流。乌鸦站在冰块上寻觅小鱼吃，或者是还在冬眠的青蛙。

天气突然地热起来，说是“二八月，小阳春”，自然冷天气还是要来的，但是这几天可热了。春天带着强烈的呼唤从这头走到那头……

小城里被杨花给装满了，在榆树还没变黄之前，大街小巷到处飞着，像纷纷落下的雪块……

春来了。人人像久久等待着一个大暴动，今天夜里就要举行，人人带着犯罪的心情，想参加到解放的尝试……春吹到每个人的心坎，带着呼唤，带着蛊惑……

我有一个姨，和我的堂哥哥大概是恋爱了。

姨母本来是很近的亲属，就是母亲的姊妹。但是我这个姨，她不是我的亲姨，她是我的继母的继母的女儿。那么她可算与我的继母有点血统的关系了，其实也是没有的。因为我这个外祖母已经做了寡妇之后才来到的外祖父家，翠姨就是这个外祖母的原来在另外的一家所生的女儿。

翠姨还有一个妹妹，她的妹妹小她两岁，大概是十七八岁，那么翠姨也就是十八九岁了。

翠姨生得并不是十分漂亮，但是她长得窈窕，走起路来沉静而且漂亮，讲起话来清楚地带着一种平静的感情。她伸手拿樱桃吃的时候，好像她的手指尖对那樱桃十分可怜的样子，她怕把它触坏了似的轻轻地捏着。

假若有人在她的背后招呼她一声，她若是正在走路，她就会停下，若是正在吃饭，就要把饭碗放下，而后把头向着自己的肩膀转过去，而全身并不大转，于是她自觉地闭合着嘴唇，像是有什么要说而一时说不出来似的……

而翠姨的妹妹，忘记了她叫什么名字，反正是一个大说大笑的，不十分修边幅，和她的姐姐完全不同。花的绿的，红的紫的，只要是市上流行的，她就不大加以选择，做起一件衣服来赶快就穿在身上。穿上了而后，到亲戚家去串门，人家恭维她的衣料怎样漂亮的时候，她总是说，和这完全一样的，还有一件，她给了她的姐姐了。

我到外祖父家去，外祖父家里没有像我一般大的女孩子陪着我玩，所以每当我去，外祖母总是把翠姨喊来陪我。

翠姨就住在外祖父的后院，隔着一道板墙，一招呼，听见就来了。

外祖父住的院子和翠姨住的院子，虽然只隔一道板墙，但是却没有门可通，所以还得绕到大街上去从正门进来。

因此有时翠姨先来到板墙这里，从板墙缝中和我打了招呼，而后回到屋去装饰了一番，才从大街上绕了个圈来到她母亲的家里。

翠姨很喜欢我，因为我在学堂里念书，而她没有，她想什么事我都比她明白。所以她总是有许多事务同我商量，看看我的意见如何。

到夜里，我住在外祖父家里了，她就陪着我也住下的。

每每从睡下了就谈，谈过了半夜，不知为什么总是谈不完……

开初谈的是衣服怎样穿，穿什么样的颜色的，穿什么样的料子。比如走路应该快或是应该慢，有时白天里她买了一个别针，到夜里她拿出来看看，问我这别针到底是好看或是不好看。那时候，大概是十五年前的时候，我们不知别处如何装扮一个女子，而在这个城里几乎个个都有一条宽大的绒绳结的披肩，蓝的，紫的，各色的也有，但最多多不过枣红色了。几乎在街上所见的都是枣红色的大披肩了。

哪怕红的绿的那么多，但总没有枣红色的最流行。

翠姨的妹妹有一张，翠姨有一张，我的所有的同学，几乎每人有一张。就连素不考究的外祖母的肩上也披着一张，只不过披的是蓝色的，没有敢用那最流行的枣红色的就是了。因为她总算年纪大了一点，对年轻人让了一步。

还有那时候都流行穿绒绳鞋，翠姨的妹妹就赶快地买了穿上。因为她那个人很粗心大意，好坏她不管，只是人家有她也有，别人是人穿衣裳，而翠姨的妹妹就好像被衣服所穿了似的，芜芜杂杂。但永远合乎着应有尽有的原则。

翠姨的妹妹的那绒绳鞋，买来了，穿上了。在地板上跑着，不大一会儿工夫，那每只鞋脸上系着的一只毛球，竟有一个毛球已经离开了鞋子，向上跳着，只还有一根绳连着，不然就要掉下来了。很好玩的，好像一颗大红枣被系到脚上去了。因为她的鞋子也是枣红色的。大家都在嘲笑她的鞋子一买回来就坏了。

翠姨，她没有买，她犹疑了好久，不管什么新样的东西到了，她总不是很快地就去买了来，也许她心里边早已经喜欢了，但是看上去她都像反对似的，好像她都不接受。

她必得等到许多人都开始采办了，这时候看样子，她才稍稍有些动心。

好比买绒绳鞋，夜里她和我谈话，问过我的意见，我也说是好看的，我有很多的同学，她们也都买了绒绳鞋。

第二天翠姨就要求我陪着她上街，先不告诉我去买什么，进了铺子选了半天别的，才问到我绒绳鞋。

走了几家铺子，都没有，都说是已经卖完了。我晓得店铺的人是这样瞎说的。表示他家这店铺平常总是最丰富的，只恰巧你要的这件东西，他就没有了。我劝翠姨说咱们慢慢地走，别家一定会有的。

我们是坐马车从街梢上的外祖父家来到街中心的。

见了第一家铺子，我们就下了马车。不用说，马车我们已经是付过了车钱的。等我们买好了东西回来的时候，会另外叫一辆的。因为我们不知道要有多久。大概看见什么好，虽然不需要也要买点，或是东西已经买全了不必要再多留连，也要留连一会儿，或是买东西的目的，本来只在一双鞋，而结果鞋子没有买到，反而啰里啰唆地买回来许多用不着的东西。

这一天，我们辞退了马车，进了第一家店铺。

在别的大城市里没有这种情形，而在我家乡里往往是这样，坐了马车，虽然是付过了钱，让他自由去兜揽生意，但是他常常还仍旧等候在铺子的门外，等一出来，他仍旧请你坐他的车。

我们走进第一个铺子，一问没有。于是就看了些别的东西，从绸缎看到呢绒，从呢绒再看到绸缎，布匹是根本不看的，并不像母亲们进了店铺那样子，这个买去做被单，那个买去做棉袄的，因为我们管不了被单棉袄的事。母亲们一月不进店铺，一进店铺又是这个便宜应该买，那个不贵，也应该买。比方一块在夏天才用的花洋布，母亲们冬天里就买起来了，说是趁着便宜多买点，总是用得着的。而我们就不然了，我们是天天进店铺的，天天搜寻些个好看的，是贵的值钱的，平常时候，绝对地用不到想不到的。

那一天我们就买了许多花边回来，钉着光片的，带着琉璃的。说不上要做什么样的衣服才配得着这种花边。也许根本没有想到做衣服，就贸然地把花边买下了。一边买着，一边说好，翠姨说好，我也说好。到了后来，回到家里，当众打开了让大家评判，这个一言，那个一语，让大家说得也有一点没有主意了，心里已经五六分空虚了。于是赶快地收拾了起来，或者从别人的手中夺过来，把它包起来，说她们不识货，不让她们看了。

勉强说着：

“我们要做一件红金丝绒的袍子，把这个黑琉璃边镶上。”

或是：

“这红的我们送人去……”

说虽仍旧如此说，心里已经八九分空虚了，大概是这些所心爱的，从此就不会再出头露面的了。

在这小城里，商店究竟没有多少，到后来又加上看不到绒绳鞋，心里着急，也许跑得更快些，不一会儿工夫，只剩了三两家了。而那三两家，又偏偏是不常去的，铺子小，货物少。想来它那里也是一定不会有的了。

我们走进一个小铺子里去，果然有三四双非小即大，而且颜色都不好看。

翠姨有意要买，我就觉得奇怪，原来就不十分喜欢，既然没有好的，又为什么要买呢？让我说着，没有买成回家去了。

过了两天，我把买鞋子这件事情早就忘了。

翠姨忽然又提议要去买。

从此我知道了她的秘密，她早就爱上了那绒绳鞋了，不过她没有说出来就是，她的恋爱的秘密就是这样子的，她似乎要把它带到坟墓里去，一直不要说出口，好像天底下没有一个人值得听她的告诉……

在外边飞着满天的大雪，我和翠姨坐着马车去买绒绳鞋。

我们身上围着皮褥子，赶车的车夫高高地坐在车夫台上，摇晃着身子唱着沙哑的山歌："喝咧咧……"耳边的风呜呜地啸着，从天上倾下来的大雪迷乱了我们的眼睛，远远的天隐在云雾里，我默默地祝福翠姨快快买到可爱的绒绳鞋，我从心里愿意她得救……

市中心远远的朦朦胧胧地站着，行人很少，全街静悄无声。我们一家挨一家地问着，我比她更急切，我想赶快买到吧，我小心地盘问着那些店员们，我从来不放弃一个细微的机会，我鼓励翠姨，没有忘记一家。使她都有点儿诧异，我为什么忽然这样热心起来，但是我完全不管她的猜疑，我不顾一切地想在这小城里，找出一双绒绳鞋来。

只有我们的马车，因为载着翠姨的愿望，在街上奔驰得特别的清醒，又特别的快。雪下得更大了，街上什么人都没有了，只有我们两个人，催着车夫，跑来跑去。一直到天都很晚了，鞋子没有买到。翠姨深深地看到我的眼里说："我的命，不会好的。"我很想装出大人的样子，来安慰她，但是没有等到找出什么适当的话来，泪便流出来了。

## 二

翠姨以后也常来我家住着，是我的继母把她接来的。

因为她的妹妹订婚了，怕是她一旦结了婚，忽然会剩下她一个人来，使她难过。因为她的家里并没有多少人，只有她的一个六十多岁的老祖父，再就是一个也是寡妇的伯母，带一个女儿。

堂姊妹本该在一起玩耍解闷的，但是因为性格的相差太远，一向是水火不同炉地过着日子。

她的堂妹妹，我见过，永久是穿着深色的衣裳，黑黑的脸，一天到晚陪着母亲坐在屋子里，母亲洗衣裳，她也洗衣裳，母亲哭，她也哭。也许她帮着母亲哭她死去的父亲，也许哭的是她们的家穷。那别人就不晓得了。

本来是一家的女儿，翠姨她们两姊妹却像有钱的人家的小姐，而那个堂妹妹，看上去却像乡下丫头。这一点使她得到常常到我们家里来住的权利。

她的亲妹妹订婚了，再过一年就出嫁了。在这一年中，妹妹大大地阔气了起来，因为婆家那方面一订了婚就来了聘礼。

这个城里，从前不用大洋票，而用的是广信公司出的帖子，一百吊一千吊的论。她妹妹的聘礼大概是几万吊。所以她忽然不得了起来，今天买这样，明天买那样，花别针一个又一个的，丝头绳一团一团的，带穗的耳坠子，洋手表，样样都有了。每逢出街的时候，她和她的姐姐一道，现在总是她付车钱了，她的姐姐要付，她却百般地不肯，有时当着人面，姐姐一定要付，妹妹一定不肯，结果闹得很窘，姐姐无形中觉得一种权利被人剥夺了。

但是关于妹妹的订婚，翠姨一点也没有羡慕的心理。妹妹未来的丈夫，她是看过的，没有什么好看，很高，穿着蓝袍子黑马褂，好像商人，又像一个小土绅士。又加上翠姨太年轻了，想不到什么丈夫，什么结婚。

因此，虽然妹妹在她的旁边一天比一天地丰富起来，妹妹是有钱了，但是妹妹为什么有钱的，她没有考察过。

所以当妹妹尚未离开她之前，她绝对地没有重视“订婚”的事。

就是妹妹已经出嫁了，她也还是没有重视这“订婚”的事。

不过她常常地感到寂寞。她和妹妹出来进去的，因为家庭环境孤寂，竟好像一对双生子似的，而今去了一个。不但翠姨自己觉得单调，就是她的祖父也觉得她可怜。

所以自从她的妹妹嫁了，她就不大回家，总是住在她的母亲的家里，有时我的继母也把她接到我们家里。

翠姨非常聪明，她会弹大正琴，就是前些年所流行在中国的一种日本琴，她还会吹箫或是会吹笛子。不过弹那琴的时候却很多。住在我家里的时候，我家的伯父，每在晚饭之后必同我们玩这些乐器的。笛子，箫，日本琴，风琴，月琴，还有什么打琴。真正的西洋的乐器，可一样也没有。

在这种正玩得热闹的时候，翠姨也来参加了，翠姨弹了一个曲子，和我们大家立刻就配合上了。于是大家都觉得在我们那已经天天闹熟了的老调子之中，又多了一个新的花样。

于是立刻我们就加倍地努力，正在吹笛子的把笛子吹得特别响，把笛膜振抖得似乎就要爆裂了似的滋滋地叫着。十岁的弟弟在吹口琴，他摇着头，好像要把那口琴吞下去似的，至于他吹的是什么调子，已经是没有人留意了。在大家忽然来了勇气的时候，似乎只需要这种胡闹。

而那按风琴的人，因为越按越快，到后来也许是已经找不到琴键了，只是那踏脚板越踏越快，踏得呜呜地响，好像有意要毁坏了那风琴，而想把风琴撕裂了一般的。

大概所奏的曲子是《梅花三弄》，也不知道接连地弹过了多少圈，看大家的意思都不想要停下来。不过到了后来，实在是气力没有了，找不着拍子的找不着拍子，跟不上调的跟不上调，于是在大笑之中，大家停下来了。

不知为什么，在这么快乐的调子里边，大家都有点伤心，也许是乐极生悲了，把我们都笑得一边流着眼泪，一边还笑。

正在这时候，我们往门窗处一看，我的最小的小弟弟，刚会走路，他也背着一个很大的破手风琴来参加了。

谁都知道，那手风琴从来也不会响的。把大家笑死了。在这回得到了快乐。

我的哥哥（伯父的儿子，钢琴弹得很好），吹箫吹得最好，这时候他放下了箫，对翠姨说：“你来吹吧！”翠姨却没有言语，站起身来，跑到自己的屋子去了，我的哥哥，好久好久地看住那帘子。

## 三

翠姨在我家，和我住一个屋子。月明之夜，屋子照得通亮，翠姨和我谈话，往往谈到鸡叫，觉得也不过刚刚半夜。

鸡叫了，才说：“快睡吧，天亮了。”

有的时候，一转身，她又问我：

“是不是一个人结婚太早不好，或许是女子结婚太早是不好的！”

我们以前谈了很多话，但没有谈到这些。

总是谈什么，衣服怎样穿，鞋子怎样买，颜色怎样配，买了毛线来，这毛线应该打个什么的花纹，买了帽子来，应该评判这帽子还微微有点缺点，这缺点究竟在什么地方！虽然说是不要紧，或者是一点关系也没有，但批评总是要批评的。

有时再谈得远一点，就是表姊表妹之类订了婆家，或是什么亲戚的女儿出嫁了。或是什么耳闻的，听说的，新娘子和新姑爷闹别扭之类。

那个时候，我们的县里，早就有了洋学堂了，小学好几个，大学没有。只有一个男子中学，往往成为谈论的目标，谈论这个，不单是翠姨、外祖母、姑姑、姐姐之类，都愿意讲究这当地中学的学生。因为他们一切洋化，穿着裤子，把裤腿卷起来一寸，一张口格得毛宁外国话，他们彼此一说话就“答答答”，听说这是什么毛子话。而更奇怪的就是他们见了女人不怕羞。这一点，大家都批评说是不如从前了，从前的书生，一见了女人脸就红。

我家算是最开通的了，叔叔和哥哥他们都到北京和哈尔滨那些大地方去读书了，他们开了不少的眼界，回到家里来，大讲他们那里都是男孩子和女孩子同学。

这一题目，非常的新奇，开初都认为这是造了反。后来因为叔叔也常和女同学通信，因为叔叔在家庭里是有点地位的人。并且父亲从前也加入过国民党，革过命，所以这个家庭都“咸与维新”起来。

因此在我家里一切都是很随便的，逛公园，正月十五看花灯，都是不分男女，一齐去。

而且我家里设了网球场，一天到晚地打网球，亲戚家的男孩子来了，我们也一齐地打。

这都不谈，仍旧来谈翠姨。

翠姨听了很多的故事，关于男学生结婚事情，就是我们本县里，已经有几件事情不幸的了。有的结婚了，从此就不回家了，有的娶来了太太，把太太放在另一间屋子里住着，而且自己却永久住在书房里。

每逢讲到这些故事时，多半别人都是站在女的一面，说那男子都是念书念坏了，一看了那不识字的又不是女学生之类就生气。觉得处处都不如他。天天总说是婚姻不自由，可是自古至今，都是爹许娘配的，偏偏到了今天，都要自由，看吧，这还没有自由呢，就先来了花头故事了，娶了太太的不回家，或是把太太放在另一个屋子里。这些都是念书念坏了的。

翠姨听了许多别人家的评论。大概她心里边也有些不平，她就问我不读书是不是很坏的，我自然说是很坏的。而且她看了我们家里男孩子，女孩子通通到学堂去念书的。而且我们亲戚家的孩子也都是读书的。

因此她对我很佩服，因为我是读书的。

但是不久，翠姨就订婚了。就是她妹妹出嫁不久的事情。

她的未来的丈夫，我见过。在外祖父的家里。人长得又低又小，穿一身蓝布棉袍子，黑马褂，头上戴一顶赶大车的人所戴的五耳帽子。

当时翠姨也在的，但她不知道那是她的什么人，她只当是哪里来了这样一位乡下的客人。外祖母偷着把我叫过去，特别告诉了我一番，这就是翠姨将来的丈夫。

不久翠姨就很有钱，她的丈夫的家里，比她妹妹丈夫的家里还更有钱得多。婆婆也是个寡妇，守着个独生的儿子。儿子才十七岁，是在乡下的私学馆里读书。

翠姨的母亲常常替翠姨解说，人矮点不要紧，岁数还小呢，再长上两三年两个人就一般高了。劝翠姨不要难过，婆家有钱就好的。聘礼的钱十多万都交过来了，而且就由外祖母的手亲自交给了翠姨，而且还有别的条件保障着，那就是说，三年之内绝对的不准娶亲，借着男的一方面年纪太小为辞，翠姨更愿意远远地推着。

翠姨自从订婚之后，是很有钱的了，什么新样子的东西一到，虽说不是一定抢先去买了来，总是过不了多久，箱子里就要有的了。那时候夏天最流行银灰色布大衫，而翠姨的穿起来最好，因为她有好几件，穿过两次不新鲜就不要了，就只在家里穿，而出门就又去做一件新的。

那时候正流行着一种长穗的耳坠子，翠姨就有两对，一对红宝石的，一对绿的，而我的母亲才能有两对，而我才有一对。可见翠姨是顶阔气的了。

还有那时候就已经开始流行高跟鞋了。可是在我们本街上却不大有人穿，只有我的继母早就开始穿，其余就算是翠姨。并不是一定因为我的母亲有钱，也不是因为高跟鞋一定贵，只是女人们没有那么摩登的行为，或者说她们不很容易接受新的思想。

翠姨第一天穿起高跟鞋来，走路还很不安定，但到第二天就比较的习惯了。到了第三天，就是说以后，她就是跑起来也是很平稳的。而且走路的姿态更加可爱了。

我们有时也去打网球玩玩，球撞到她脸上的时候，她才用球拍遮了一下，否则她半天也打不到一个球。因为她一上了场站在白线上就是白线上，站在格子里就是格子里，她根本的不动。有的时候，她竟拿着网球拍子站着一边去看风景去。尤其是大家打完了网球，吃东西的吃东西去了，洗脸的洗脸去了，唯有她一个人站在短篱前面，向着远远的哈尔滨市影痴望着。

有一次我同翠姨一同去做客。我继母的族中娶媳妇。她们是八旗人，也就是满人，满人才讲究场面呢，所有的族中的年轻的媳妇都必得到场，而个个打扮得如花似玉。似乎咱们中国的社会，是没这么繁华的社交的场面的，也许那时候，我是小孩子，把什么都看得特别繁华，就只说女人们的衣服吧，就个个都穿得和现在西洋女人在夜会里边那么庄严。一律都穿着绣花大袄。而她们是八旗人，大袄的襟下一律没有开口。而且很长。大袄的颜色枣红的居多，绛色的也有，玫瑰紫色的也有。而那上边绣的颜色，有的荷花，有的玫瑰，有的松竹梅，一句话，特别的繁华。

她们的脸上，都擦着白粉，她们的嘴上都染得桃红。

每逢一个客人到了门前，她们是要列着队出来迎接的，她们都是我的舅母，一个一个地上前来问候了我和翠姨。

翠姨早就熟识她们的，有的叫表嫂子，有的叫四嫂子。而在我，她们就都是一样的，好像小孩子的时候，所玩的用花纸剪的纸人，这个和那个都是一样，完全没有分别。都是花缎的袍子，都是白白的脸，都是很红的嘴唇。

就是这一次，翠姨出了风头了，她进到屋里，靠着一张大镜子旁坐下了。

女人们就忽然都上前来看她，也许她从来没有这么漂亮过；今天把别人都惊住了。

以我看翠姨还没有她从前漂亮呢，不过她们说翠姨漂亮得像棵新开的蜡梅。翠姨从来不擦胭脂的，而那天又穿了一件为着将来做新娘子而准备的蓝色缎子满是金花的夹袍。

翠姨让她们围起看着，难为情了起来，站起来想要逃掉似的，迈着很勇敢的步子，茫然地往里边的房间里闪开了。

谁知那里边就是新房呢，于是许多的嫂嫂们，就哗然地叫着，说：

“翠姐姐不要急，明年就是个漂亮的新娘子，现在先试试去。”

当天吃饭饮酒的时候，许多客人从别的屋子来呆呆地望着翠姨。翠姨举着筷子，似乎是在思量着，保持着镇静的态度，用温和的眼光看着她们。仿佛她不晓得人们专门在看着她似的。但是别的女人们羡慕了翠姨半天了，脸上又都突然地冷落起来，觉得有什么话要说出，又都没有说，然后彼此对望着，笑了一下，吃菜了。

## 四

有一年冬天，刚过了年，翠姨就来到了我家。

伯父的儿子——我的哥哥，就正在我家里。

我的哥哥，人很漂亮，很直的鼻子，很黑的眼睛，嘴也好看，头发也梳得好看，人很长，走路很爽快。大概在我们所有的家族中，没有这么漂亮的人物。

冬天，学校放了寒假，所以来我们家里休息。大概不久，学校开学就要上学去了。哥哥是在哈尔滨读书。

我们的音乐会，自然要为这新来的角色而开了。翠姨也参加的。

于是非常的热闹，比方我的母亲，她一点也不懂这行，但是她也列了席，她坐在旁边观看，连家里的厨子、女工，都停下了工作来望着我们，似乎他们不是听什么乐器，而是在看人。我们聚满了一客厅。这些乐器的声音，大概很远的邻居都可以听到。

第二天邻居来串门的，就说：

“昨天晚上，你们家又是给谁祝寿？”

我们就说，是欢迎我们的刚到的哥哥。

因此我们家是很好玩的，很有趣的。不久就来到了正月十五看花灯的时节了。

我们家里自从父亲维新革命，总之在我们家里，兄弟姊妹，一律相待，有好玩的就一齐玩，有好看的就一齐去看。

伯父带着我们，哥哥，弟弟，姨……共八九个人，在大月亮地里往大街里跑去了。那路之滑，滑得不能站脚，而且高低不平。他们男孩子们跑在前面，而我们因为跑得慢就落了后。

于是那在前边的他们回头来嘲笑我们，说我们是小姐，说我们是娘娘。说我们走不动。

我们和翠姨早就连成一排向前冲去，但是不是我倒，就是她倒。到后来还是哥哥他们一个一个地来扶着我们，说是扶着未免太示弱了，也不过就是和他们连成一排向前进着。

不一会儿到了市里，满路花灯。人山人海。又加上狮子、旱船、龙灯、秧歌，闹得眼也花起来，一时也数不清多少玩意儿。

哪里会来得及看，似乎只是在眼前一晃，就过去了，而一会儿别的又来了，又过去了。其实也不见得繁华得多么了不得了，不过觉得世界上是不会比这个再繁华的了。

商店的门前，点着那么大的火把，好像热带的大椰子树似的。一个比一个亮。

我们进了一家商店，那是父亲的朋友开的。他们很好地招待我们，茶、点心、橘子、元宵。我们哪里吃得下去，听到门外一打鼓，就心慌了。而外边鼓和喇叭又那么多，一阵来了，一阵还没有去远，一阵又来了。

因为城本来是不大的，有许多熟人，也都是来看灯的都遇到了。其中我们本城里的在哈尔滨念书的几个男学生，他们也来看灯了。哥哥都认识他们。我也认识他们，因为这时候我们到哈尔滨念书去了。所以一遇到了我们，他们就和我们在一起，他们出去看灯，看了一会儿，又回到我们的地方，和伯父谈话，和哥哥谈话。我晓得他们，因为我们家比较有势力，他们是很愿和我们讲话的。

所以回家的一路上，又多了两个男孩子。

不管人讨厌不讨厌，他们穿的衣服总算都市化了。个个都穿着西装，戴着呢帽，外套都是到膝盖的地方，脚下很利落清爽。比起我们城里的那种怪样子的外套，好像大棉袍子似的好看得多了。而且颈间又都束着一条围巾，那围巾自然也是全丝全线的花纹。似乎一束起那围巾来，人就更显得庄严、漂亮。

翠姨觉得他们个个都很好看。

哥哥也穿着西装，自然哥哥也很好看。因此在路上她直在看哥哥。

翠姨梳头梳得是很慢的，必定梳得一丝不乱，擦粉也要擦了洗掉，洗掉再擦，一直擦到认为满意为止。花灯节的第二天早晨她就梳得更慢，一边梳头一边在思量。本来按规矩每天吃早饭，必得三请两请才能出席，今天必得请到四次，她才来了。

我的伯父当年也是一位英雄，骑马、打枪绝对的好。后来虽然已经五十岁了，但是风采犹存。我们都爱伯父的，伯父从小也就爱我们。诗、词、文章，都是伯父教我们的。翠姨住在我们家里，伯父也很喜欢翠姨。今天早饭已经开好了。

催了翠姨几次，翠姨总是不出来。

伯父说了一句："林黛玉……"

于是我们全家的人都笑了起来。

翠姨出来了，看见我们这样的笑，就问我们笑什么。我们没有人肯告诉她。翠姨知道一定是笑的她，她就说：

"你们赶快地告诉我，若不告诉我，今天我就不吃饭了，你们读书识字，我不懂，你们欺侮我……"

闹嚷了很久，还是我的哥哥讲给她听了。伯父当着自己的儿子面前到底有些难为情，喝了好些酒，总算是躲过去了。

翠姨从此想到了念书的问题，但是她已经二十岁了，上哪里去念书？上小学没有她这样大的学生，上中学，她是一字不识，怎样可以。所以仍旧住在我们家里。

弹琴，吹箫，看纸牌，我们一天到晚地玩着。我们玩的时候，全体参加，我的伯父，我的哥哥，我的母亲。

翠姨对我的哥哥没有什么特别的好，我的哥哥对翠姨就像对我们，也是完全地一样。

不过哥哥讲故事的时候，翠姨总比我们留心听些，那是因为她的年龄稍稍比我们大些，当然在理解力上，比我们更接近一些哥哥的了。哥哥对翠姨比对我们稍稍地客气一点。他和翠姨说话的时候，总是“是的”“是的”的，而和我们说话则“对啦”“对啦”。这显然因为翠姨是客人的关系，而且在名分上比他大。

不过有一天晚饭之后，翠姨和哥哥都没有了。每天饭后大概总要开个音乐会的。这一天也许因为伯父不在家，没有人领导的缘故。大家吃过也就散了。客厅里一个人也没有。我想找弟弟和我下一盘棋，弟弟也不见了。于是我就一个人在客厅里按起风琴来，玩了一下也觉得没有趣。客厅是静得很的，在我关上了风琴盖子之后，我就听见了在后屋里，或者在我的房子里是有人的。

我想一定是翠姨在屋里。快去看看她，叫她出来张罗着看纸牌。

我跑进去一看，不单是翠姨，还有哥哥陪着她。

看见了我，翠姨就赶快地站起来说：

“我们去玩吧。”

哥哥也说：

“我们下棋去，下棋去。”

他们出来陪我来玩棋，这次哥哥总是输，从前是他回回赢我的，我觉得奇怪，但是心里高兴极了。

不久寒假终了，我就回到哈尔滨的学校念书去了。可是哥哥没有同来，因为他上半年生了点病，曾在医院里休养了一些时候，这次伯父主张他再请两个月的假，留在家里。

以后家里的事情，我就不大知道了。都是由哥哥或母亲讲给我听的。我走了以后，翠姨还住在家里。

后来母亲还告诉过，就是在翠姨还没有订婚之前，有过这样一件事情。我的族中有一个小叔叔，和哥哥一般大的年纪，说话口吃，没有风采，也是和哥哥在一个学校里读书。虽然他也到我们家里来过，但怕翠姨没有见过。那时外祖母就主张给翠姨提婚。那族中的祖母，一听就拒绝了，说是寡妇的儿子，命不好，也怕没有家教，何况父亲死了，母亲又出嫁了，好女不嫁二夫郎，这种人家的女儿，祖母不要。但是我母亲说，辈分合，他家还有钱，翠姨过门是一品当朝的日子，不会受气的。

这件事情翠姨是晓得的，而今天又见了我的哥哥，她不能不想哥哥大概是那样看她的。她自觉地觉得自己的命运不会好的，现在翠姨自己已经订了婚，是一个人的未婚妻。二则她是出了嫁的寡妇的女儿，她自己一天把这个背了不知有多少遍，她记得清清楚楚。

## 五

翠姨订婚，转眼三年了，正这时，翠姨的婆家，通了消息来，张罗要娶。她的母亲来接她回去整理嫁妆。

翠姨一听就得病了。

但没有几天，她的母亲就带着她到哈尔滨采办嫁妆去了。

偏偏那带着她采办嫁妆的向导又是哥哥给介绍来的他的同学。他们住在哈尔滨的秦家岗上，风景绝佳，是洋人最多的地方。那男学生们的宿舍里边，有暖气，洋床。翠姨带着哥哥的介绍信，像一个女同学似的被他们招待着。又加上已经学了俄国人的规矩，处处尊重女子，所以翠姨当然受了他们不少的尊敬，请她吃大菜，请她看电影。坐马车的时候，上车让她先上，下车的时候，人家扶她下来。她每一动别人都为她服务，外套一脱，就接过去了。她刚一表示要穿外套，就给她穿上了。

不用说，买嫁妆她是不痛快的，但那几天，她总算一生中最开心的时候。

她觉得到底是读大学的人好，不野蛮，不会对女人不客气，绝不能像她的妹夫常常打她的妹妹。

经这到哈尔滨去一买嫁妆，翠姨就更不愿意出嫁了。她一想那个又丑又小的男人，她就恐怖。

她回来的时候，母亲又接她来到我们家来住着，说她的家里又黑，又冷，说她太孤单可怜。我们家是一团暖气的。

到了后来，她的母亲发现她对于出嫁太不热心，该剪裁的衣裳，她不去剪裁。有一些零碎还要去买的，她也不去买。

做母亲的总是常常要加以督促，后来就要接她回去，接到她的身边，好随时提醒她。她的母亲以为年轻的人必定要随时提醒的，不然总是贪玩。何况出嫁的日子又不远了，或者就是二三月。

想不到外祖母来接她的时候，她从心地不肯回去，她竟很勇敢地提出来她要读书的要求。她说她要念书，她想不到出嫁。

开初外祖母不肯，到后来，她说若是不让她读书，她是不出嫁的，外祖母知道她的心情，而且想起了很多可怕的事情……

外祖母没有办法，依了她。给她在家里请了一位老先生，就在自己家院子的空房子里边摆上了书桌，还有几个邻居家的姑娘，一齐念书。

翠姨白天念书，晚上回到外祖母家。

念了书，不多日子，人就开始咳嗽，而且整天的闷闷不乐。她的母亲问她，有什么不如意？陪嫁的东西买得不顺心吗？或者是想到我们家去玩吗？什么事都问到了。

翠姨摇着头不说什么。

过了一些日子，我的母亲去看翠姨，带着我的哥哥，他们一看见她，第一个印象，就觉得她苍白了不少。而且母亲断言地说，她活不久了。

大家都说是念书累的，外祖母也说是念书累的，没有什么要紧的，要出嫁的女儿们，总是先前瘦的，嫁过去就要胖了。

而翠姨自己则点点头，笑笑，不承认，也不加以否认。还是念书，也不到我们家来了，母亲接了几次，也不来，回说没有工夫。

翠姨越来越瘦了，哥哥去到外祖母家看了她两次，也不过是吃饭、喝酒，应酬了一番。而且说是去看外祖母的。在这里年轻的男子，去拜访年轻的女子，是不可以的。哥哥回来也并不带回什么欢喜或是什么新的忧郁，还是一样和大家打牌下棋。

翠姨后来支持不了啦，躺下了，她的婆婆听说她病，就要娶她，因为花了钱，死了不是可惜了吗？这一种消息，翠姨听了病就更加严重。婆家一听她病重，立刻要娶她。因为在迷信中有这样一章，病新娘娶过来一冲，就冲好了。翠姨听了就只盼望赶快死，拼命地糟蹋自己的身体，想死得越快一点儿越好。

母亲记起了翠姨，叫哥哥去看翠姨。是我的母亲派哥哥去的，母亲拿了一些钱让哥哥给翠姨去，说是母亲送她在病中随便买点什么吃的。母亲晓得他们年轻人是很拘泥的，或者不好意思去看翠姨，也或者翠姨是很想看他的，他们好久不能看见了。同时翠姨不愿出嫁，母亲很久的就在心里边猜疑着他们了。

男子是不好去专访一位小姐的，这城里没有这样的风俗。

母亲给了哥哥一件礼物，哥哥就可去了。

哥哥去的那天，她家里正没有人，只是她家的堂妹妹应接着这从未见过的生疏的年轻的客人。

那堂妹妹还没问清客人的来由，就往外跑，说是去找她们的祖父去，请他等一等。大概她想是凡男客就是来会祖父的。

客人只说了自己的名字，那女孩子连听也没有听就跑出去了。

哥哥正想，翠姨在什么地方？或者在里屋吗？翠姨大概听出什么人来了，她就在里边说：

“请进来。”

哥哥进去了，坐在翠姨的枕边，他要去摸一摸翠姨的前额，是否发热，他说：

“好了点吗？”

他刚一伸出手去，翠姨就突然地拉了他的手，而且大声地哭起来了，好像一颗心也哭出来了似的。哥哥没有准备，就很害怕，不知道说什么做什么。他不知道现在应该是保护翠姨的地位，还是保护自己的地位。同时听得见外边已经有人来了，就要开门进来了。一定是翠姨的祖父。

翠姨平静地向他笑着，说：

“你来得很好，一定是姐姐告诉你来的，我心里永远纪念着她，她爱我一场，可惜我不能去看她了……我不能报答她了……不过我总会记起在她家里的日子的……她待我也许没有什么，但是我觉得已经太好了……我永远不会忘记的……

“我现在也不知道为什么，心里只想死得快一点就好，多活一天也是多余的……人家也许以为我是任性……其实是不对的，不知为什么，那家对我也是很好的，我要是过去，他们对我也会是很好的，但是我不愿意。我小时候，就不好，我的脾气总是不从心的事，我不愿意……这个脾气把我折磨到今天了……可是我怎能从心呢……真是笑话……谢谢姐姐她还惦着我……请你告诉她，我并不像她想得那么苦呢，我也很快乐……”翠姨痛苦地笑了一笑，“我心里很安静，而且我求的我都得到了……”

哥哥茫然的不知道说什么，这时祖父进来了。看了翠姨的热度，又感谢了我的母亲，对我哥哥的降临，感到荣幸。他说请我母亲放心吧，翠姨的病马上就会好的，好了就嫁过去。

哥哥看了翠姨就退出去了，从此再没有看见她。

哥哥后来提起翠姨常常落泪，他不知翠姨为什么死，大家也都心中纳闷。

## 尾　声

等我到春假回来，母亲还当我说：

“要是翠姨一定不愿意出嫁，那也是可以的，假如他们当我说。”

……

翠姨坟头的草籽已经发芽了，一掀一掀的和土粘成了一片，坟头显出淡淡的青色，常常会有白色的山羊跑过。

这时城里的街巷，又装满了春天。

暖和的太阳，又转回来了。

街上有提着筐子卖蒲公英的了，也有卖小根蒜的了。更有些孩子们他们按着时节去折了那刚发芽的柳条，正好可以拧成哨子，就含在嘴里满街地吹。声音有高有低，因为那哨子有粗有细。

大街小巷，到处的呜呜呜，呜呜呜。好像春天是从他们的手里招待回来了似的。

但是这为期甚短，一转眼，吹哨子的不见了。

接着杨花飞起来了，榆钱飘满了一地。

在我的家乡那里，春天是快的，五天不出屋，树发芽了，再过五天不看树，树长叶了，再过五天，这树就像绿得使人不认识它了。使人想，这棵树，就是前天的那棵树吗？自己回答自己，当然是的。春天就像跑得那么快。好像人能够看见似的，春天从老远的地方跑来了，跑到这个地方只向人的耳朵吹一句小小的声音“我来了啊”，而后很快地就跑过去了。

春，好像它不知多么忙迫，好像无论什么地方都在招呼它，假若它晚到一刻，阳光会变色的，大地会干成石头，尤其是树木，那真是好像再多一刻工夫也不能忍耐，假若春天稍稍在什么地方留连了一下，就会误了不少的生命。

春天为什么它不早一点来，来到我们这城里多住一些日子，而后再慢慢地到另外的一个城里去，在另外一个城里也多住一些日子。

但那是不能的了，春天的命运就是这么短。

年轻的姑娘们，她们三两成双，坐着马车，去选择衣料去了，因为就要换春装了。她们热心地弄着剪刀，打着衣样，想装成自己心中想得出的那么好，她们白天黑夜地忙着，不久春装换起来了，只是不见载着翠姨的马车来。

# 第二章

# 灰色人像

后山的虫子，不间断地，不曾间断地在叫。王阿嫂拧着鼻涕，两腮抽动，若不是肚子突出，她简直瘦得像一条龙。她的手也正和爪子一样，因为拔苗割草而骨节突出。她的悲哀像沉淀了的淀粉似的，浓重并且不可分解。

# 王阿嫂的死

## 一

草叶和菜叶都蒙盖上灰白色霜。山上黄了叶子的树，在等候太阳。太阳出来了，又走进朝霞去。野甸上的花花草草，在飘送着秋天零落凄迷的香气。

雾气像云烟一样蒙蔽了野花，小河，草屋，蒙蔽了一切声息，蒙蔽了远近的山冈。

王阿嫂拉着小环，每天在太阳将出来的时候，到前村广场上给地主们流着汗；小环虽是七岁，她也学着给地主们流着小孩子的汗。现在春天过了，夏天过了……王阿嫂什么活计都做过，拔苗，扬秧。秋天一来到，王阿嫂和别的村妇们都坐在茅檐下用麻绳把茄子穿成长串长串的，一直穿着。不管蚊虫把脸和手搔得怎样红肿，也不管孩子们在屋里喊妈妈吵断了喉咙。她只是穿着，穿啊，两只手像纺纱车一样，在旋转着穿……

第二天早晨，茄子就和紫色成串的铃铛一样，挂满了王阿嫂家的前檐；就连用柳条编成的短墙上也挂满着紫色的铃铛。别的村妇也和王阿嫂一样，檐前尽是茄子。

可是过不了几天，茄子晒成干菜了。家家都从房檐把茄子解下来，送到地主的收藏室去。王阿嫂到冬天只吃着地主用以喂猪的烂土豆，连一片干菜也不曾进过王阿嫂的嘴。

太阳在东边照射着劳工的眼睛。满山的雾气退出，男人和女人，在田庄上忙碌着。羊群和牛群在野甸子间、在山坡间，践踏并且寻食着秋天半憔悴的野花野草。

田庄上只是没有王阿嫂的影子，这却不知为了什么。竹三爷每天到广场上替张地主支配工人。现在竹三爷派一个正在拾土豆的小姑娘去找王阿嫂。

工人的头目，愣三抢着说："不如我去的好，我是男人走得快。"

得到竹三爷的允许，不到两分钟的工夫，愣三就跑到王阿嫂的窗前了。

"王阿嫂，为什么不去做工呢？"

里面接着就是回答声：

"叔叔来得正好，求你到前村把五妹子叫来，我头痛，今天不去做工。"

小环坐在王阿嫂的身边，她哭着，响着鼻子说："不是呀！我妈妈扯谎，她的肚子太大了！不能做工，昨夜又是整夜地哭，不知是肚子痛还是想我的爸爸。"

王阿嫂的伤心处被小环击打着，猛烈地击打着，眼泪都从眼眶传到嗓子方面去。她只是用手拍打着小环，她急性的，意思是不叫小环再说下去。

李愣三是王阿嫂男人的表弟。他听了小环的话，像动了亲属情感似的，跑到前村去了。

小环爬上窗台，用她不会梳头的小手，在给自己梳着毛蓬蓬的小辫。邻家的小猫跳上窗台，蹲踞在小环的腿上，猫像取暖似的迟缓地把眼睛睁开，又合拢来。

远处的山反映着种种样的朝霞的彩色。山坡上的羊群、牛群，就像小黑点似的，在云霞里爬走。

小环不管这些，只是在梳自己毛蓬蓬的小辫。

## 二

在村里，五妹子、愣三、竹三爷都是公共的名称。是凡用工阶级都是这样简单而不变化的名字。这就是工人阶级一个天然的标识。

五妹子坐在王阿嫂的身边，炕里蹲着小环，三个人在寂寞着。后山上不知是什么虫子，一到中午，就吵叫出一种不可忍耐的寂寞和凄怨情绪来。

小环虽是七岁，但是就和一个少女般的会忧愁，会思量。她听着秋虫吵叫的声音，只是用她的小嘴在学着大人叹气。这个孩子也许因为母亲死得太早的缘故?

小环的父亲是一个雇工，在她还没生下来的时候，她的父亲就死了。在她五岁的时候她的母亲又死了。她的母亲是被张地主的大儿子张胡琦强奸后气愤而死的。

五岁的小环，开始做个小流浪者了。从她贫苦的姑家，又转到更贫苦的姨家。结果因为贫苦，不能养育她，最后她在张地主家过了一年煎熬的生活。竹三爷看不惯小环被虐待的苦处。当一天王阿嫂到张家去取米，小环正被张家的孩子们将鼻子打破满脸是血时，王阿嫂把米袋子丢落在院心，走近小环，给她擦着眼泪和血。小环哭着，王阿嫂也哭了。

由竹三爷做主，小环从那天起，就叫王阿嫂做妈妈了。那天小环是扯着王阿嫂的衣襟来到王阿嫂的家里。

后山的虫子，不间断地，不曾间断地在叫。王阿嫂拧着鼻涕，两腮抽动，若不是肚子突出，她简直瘦得像一条龙。她的手也正和爪子一样，因为拔苗割草而骨节突出。她的悲哀像沉淀了的淀粉似的，浓重并且不可分解。她在说着她自己的话：

“五妹子，你想我还能再活下去吗？昨天在田庄上张地主是踢了我一脚。那个野兽，踢得我简直发晕了，你猜他为什么踢我呢？早晨太阳一出就做工，好身子倒没妨碍，我只是再也带不动我的肚子了！又是个正午时候，我坐在地梢的一端喘两口气，他就来踢了我一脚。”

拧一拧鼻涕又说下去：

“眼看着他爸爸死了三个月了，那是刚过了五月节的时候，那时仅四个月，现在这个孩子快生下来了。咳！什么孩子，就是冤家，他爸爸的性命是丧在张地主的手里，我也非死在他们的手里不可，我想谁也逃不出地主们的手去！”

五妹子扶她一下，把身子翻动一下：

“哟，可难为你了！肚子这样你可怎么在田庄上爬走啊？”

王阿嫂的肩头抽动得加速起来。五妹子的心跳着，她在悔恨地跳着，她开始在悔恨：

“自己太不会说话，在人家最悲哀的时节，怎能用得着十分体贴的话语来激动人家悲哀的感情呢？”

五妹子又转过话头来：

“人一辈子就是这样，都是你忙我忙，结果谁也不是一个死吗？早死晚死不是一样吗？”

说着她用手巾给王阿嫂擦着眼泪，揩着她一生流不尽的眼泪：

“嫂子你别太想不开呀！身子这种样，一劲忧愁，并且你看着小环也该宽心。那个孩子太知好歹了。你忧愁，你哭，孩子也跟着忧愁，跟着哭。倒是让我做点饭给你吃，看外边的日影快晌午了。”

五妹子心里这样相信着：

“她的肚子被踢得胎儿活动了！危险……死……”

她打开米桶，米桶是空着。

五妹子打算到张地主家去取米，从桶盖上拿下个小盆。王阿嫂叹息着说：

“不要去呀！我不愿看他家那种脸色，叫小环到后山竹三爷家去借点吧！”

小环捧着瓦盆爬上坡，小辫在脖子上甩搭甩搭地走向山后去了。山上的虫子在憔悴的野花间，叫着憔悴的声音啊！

## 三

王大哥在三个月前给张地主赶着起粪的车，因为马腿给石头砸断，张地主扣留他一年的工钱。王大哥气愤至极，整天醉酒，夜里不回家，睡在人家的草堆上。后来他简直是疯了。看着小孩子也打，狗也打，并且在田庄上乱跑，乱骂。张地主趁他睡在草堆的时候，遣人偷着把草堆点着了。王大哥在火焰里翻滚，在张地主的火焰里翻滚；他的舌头伸在嘴唇以外，他号叫出不是人的声音来。

有谁来救他呢？穷人连妻子都不是自己的。王阿嫂只是在前村田庄上拾土豆，她的男人却在后村给人家烧死了。

当王阿嫂奔到火堆旁边，王大哥的骨头已经烧断了！四肢脱落，脑壳竟和半个破葫芦一样，火虽熄灭，但王大哥的气味却在全村飘漾。

四围看热闹的人们，有的擦着眼睛说：

“死得太可怜！”

也有的说：

“死了倒好，不然我们的孩子要被这个疯子打死呢！”

王阿嫂拾起王大哥的骨头来，裹在衣襟里，紧紧地抱着，发出滔天的哭声来。她的凄惨沁血的声音，飘过草原，穿过树林的老树，直到远处的山间，发出回响来。

每个看热闹的女人，都被这个滴着血的声音诱惑得哭了。每个在哭的妇人都在生着错觉，就像自己的男人被烧死一样。

别的女人把王阿嫂怀里紧抱着的骨头，强迫地丢开，并且劝说着：

“王阿嫂你不要这样啊！你抱着骨头又有什么用呢？要想后事。”

王阿嫂不听别人的，她看不见别人，她只有自己。把骨头又抢着疯狂地包在衣襟下，她不知道这骨头没有灵魂，也没有肉体，一切她都不能辨明。她在王大哥死尸被烧的气味里打滚，她向不可解脱的悲痛用尽全力地哭啊！

满是眼泪的小环脸转向王阿嫂说：

“妈妈，你不要哭疯了啊！爸爸不是因为疯了才被人烧死的吗？”

王阿嫂，她听不到小环的话，鼓着肚子，胀开肺叶般地哭。她的手撕着衣裳，她的牙齿在咬着嘴唇。她和一匹吼叫的狮子一样。

后来张地主手提着蝇拂，和一只阴毒的老鹰一样，振动着翅膀，眼睛突出，鼻子向里勾曲着，调着他那有尺寸的阶级的步调从前村走来，用他压迫的口腔来劝说王阿嫂：

“天快黑了，还一劲哭什么？一个疯子死就死了吧，他的骨头有什么值钱！你回家做你以后的打算好了。现在我遣人把他埋到西岗子去。”

说着他向四周的男人们下个口令：

“这种气味……越快越好！”

妇人们的集团在低语：

“总是张老爷子，有多么慈心；什么事情，张老爷子都是帮忙的。”

王大哥是张老爷子烧死的，这事情妇人们不知道，一点不知道。田庄上的麦草打起流水样的波纹，烟筒里吐出来的炊烟，在人家的房顶上旋卷。

蝇拂子摆动着吸人血的姿势，张地主走回前村去。

穷汉们，和王大哥同类的穷汉们，摇扇着阔大的肩膀，王大哥的骨头被运到西岗上了。

## 四

三天过了，五天过了，田庄上不见王阿嫂的影子，拾土豆和割草的妇人们嘴里念叨这样的话：

“她太艰苦了！肚子那么大，真是不能做工了！”

“那天张地主踢了她一脚，五天没到田庄上来。大概是孩子生了，我晚上去看看。”

“王大哥被烧死以后，我看王阿嫂就没心思过日子了。一天东哭一场，西哭一场的，最近更厉害了！那天不是一面拾土豆，一面流着眼泪！”

又一个妇人皱起眉毛来说：

“真的，她流的眼泪比土豆还多。”

另一个又接着说：

“可不是吗，王阿嫂拾得的土豆，是用眼泪换得的。”

热情在激动着，一个抱着孩子拾土豆的妇人说：

“今天晚上我们都该到王阿嫂家去看看，她是我们的同志呀！”

田庄上十几个妇人用响亮的嗓子在表示赞同。

张地主走来了，她们都低下头去工作着。张地主走开，她们又都抬起头来；就像被风刮倒的麦草一样，风一过去，草梢又都伸立起来；她们说着方才的话：

“她怎能不伤心呢？王大哥死时，什么也没给她留下。眼看又来到冬天，我们虽是有男人，怕是棉衣也预备不齐。她又怎么办呢？小孩子若生下来她可怎么养活呢？我算知道，有钱人的儿女是儿女，穷人的儿女，分明就是孽障。”

“谁不说呢？听说王阿嫂有过三个孩子都死了！”

其中有两个死去男人，一个是年轻的，一个是老太婆。她们在想起自己的事，老太婆想着自己男人被轧死的事，年轻的妇人想着自己的男人吐血而死的事，只有这俩妇人什么也不说。

张地主来了，她们的头就和向日葵似的在田庄上弯弯地垂下去。

小环的叫喊声在田庄上、在妇人们的头上响起来：

“快……快来呀！我妈妈不……不能，不会说话了！”

小环似一个被大风吹着的蝴蝶，不知方向，她惊恐的翅膀痉挛地在振动；她的眼泪在眼眶里急得和水银似的不定形地滚转；手在捉住自己的小辫，跺着脚、破着声音喊：

“我妈……妈怎么了……她不说话……不会呀！”

## 五

等到村妇挤进王阿嫂屋门的时候，王阿嫂自己已经在炕上发出她最后沉重的号声，她的身子早被自己的血浸染着，同时在血泊里也有一个小的、新的动物在挣扎。

王阿嫂的眼睛像一个大块的亮珠，虽然闪光而不能活动。她的嘴张得怕人，像猿猴一样，牙齿拼命地向外突出。

村妇们有的哭着，也有的躲到窗外去，屋子里散散乱乱，扫帚、水壶、破鞋，满地乱摆。邻家的小猫蹲缩在窗台上。小环低垂着头在墙角间站着，她哭，她是没有声音地在哭。

王阿嫂就这样地死了！新生下来的小孩，不到五分钟也死了！

## 六

月亮穿透树林的时节，棺材带着哭声向西岗子移动。村妇们都来相送，拖拖落落，穿着种种样样擦满油泥的衣服，这正表示和王阿嫂同一个阶级。

竹三爷手携着小环，走在前面。村狗在远处惊叫。小环并不哭，她依持别人，她的悲哀似乎分给大家担负似的，她只是随了竹三爷踏着贴在地上的树影走。

王阿嫂的棺材被抬到西岗子树林里。男人们在地面上掘坑。

小环，这个小幽灵，坐在树根下睡了。林间的月光细碎地飘落在小环的脸上。她两手扣在膝盖间，头搭在手上，小辫在脖子上给风吹动着，她是个天然的小流浪者。

棺材和着月光埋到土里了，像完成一件工作似的，人们扰攘着。

竹三爷走到树根下摸着小环的头发：

“醒醒吧，孩子，回家了！”

小环闭着眼睛说：

“妈妈，我冷呀！”

竹三爷说：

“回家吧！你哪里还有妈妈？可怜的孩子别说梦话！”

醒过来了，小环才明白妈妈今天是不再搂着她睡了。她在树林里，月光下，妈妈的坟前，打着滚哭啊……

“妈妈……你不要……我了！让我跟跟跟谁睡……睡觉呀？

“我……还要回到……张……张张地主家去挨打吗？”她咬住嘴唇哭。

“妈妈，跟……跟我回……回家吧……”

远近处颤动着小姑娘的哭声，树叶和小环的哭声一样交接地在响，竹三爷同别的人一样在擦揉眼睛。

林中睡着王大哥和王阿嫂的坟墓。

村狗在远近的人家吠叫着断续的声音……

# 后花园

后花园五月里就开花的，六月里就结果子，黄瓜、茄子、玉蜀黍、大芸豆、冬瓜、西瓜、西红柿，还有爬着蔓子的倭瓜。这倭瓜秧往往会爬到墙头上去，而后从墙头它出去了，出到院子外边去了。就向着大街，这倭瓜蔓上开了一朵大黄花。

正临着这热闹闹的后花园，有一座冷清清的黑洞洞的磨房，磨房的后窗子就向着花园。刚巧沿着窗外的一排种的是黄瓜。这黄瓜虽然不是倭瓜，但同样会爬蔓子的，于是就在磨房的窗棂上开了花，而且巧妙地结了果子。

在朝露里，那样嫩弱的须蔓的梢头，好像淡绿色的玻璃抽成的，不敢去触，一触非断不可的样子。同时一边结着果子，一边攀着窗棂往高处伸张，好像它们彼此学着样，一个跟一个都爬上窗子来了。到六月，窗子就被封满了，而且就在窗棂上挂着滴滴嘟嘟的大黄瓜、小黄瓜；瘦黄瓜、胖黄瓜，还有最小的小黄瓜纽儿，头顶上还正在顶着一朵黄花还没有落呢。

于是随着磨房里打着铜筛罗的震抖，而这些黄瓜也就在窗子上摇摆起来了。铜罗在磨夫的脚下，东踏一下它就“咚”，西踏一下它就“咚”；这些黄瓜也就在窗子上滴滴嘟嘟地跟着东边“咚”，西边“咚”。

六月里，后花园更热闹起来了，蝴蝶飞，蜻蜓飞，螳螂跳，蚂蚱跳。大红的外国柿子都红了，茄子青的青、紫的紫，溜明铮亮，又肥又胖，每一棵茄秧上结着三四个、四五个。玉蜀黍的缨子刚刚才出芽，就各色不同，好比女人绣花的丝线夹子打开了，红的绿的，深的浅的，干净得过分了，简直不知道它为什么那样干净，不知怎样它才那样干净的，不知怎样才做到那样的，或者说它是刚刚用水洗过，或者说它是用膏油涂过。但是又都不像，那简直是干净得连手都没有上过。

然而这样漂亮的缨子并不发出什么香气，所以蜂子、蝴蝶永久不在它上边搔一搔，或是吮一吮。

却是那些蝴蝶乱纷纷地在那些正开着的花上闹着。

后花园沿着主人住房的一方面，种着一大片花草。因为这园主并非怎样精细的人，而是一位厚墩墩的老头儿。所以他的花园多半变成菜园了。其余种花的部分，也没有什么好花，比如马蛇菜、爬山虎、胭粉豆、小龙豆……这都是些草本植物，没有什么高贵的。到冬天就都埋在大雪里边，它们就都死去了。春天打扫干净了这个地盘，再重种起来。有的甚或不用下种，它就自己出来了，好比大菽茨，那就是每年也不用种，它就自己出来的。

它自己的种子，今年落在地上没有人去拾它，明年它就出来了；明年落了籽，又没有人去采它，它就又自己出来了。

这样年年代代，这花园无处不长着大花。墙根上，花架边，人行道的两旁，有的竟长在倭瓜或者黄瓜一块去了。那讨厌的倭瓜的丝蔓竟缠绕在它的身上，缠得多了，把它拉倒了。

可是它就倒在地上仍旧开着花。

铲地的人一遇到它，总是把它拔了，可是越拔它越生得快，那第一班开过的花籽落下，落在地上，不久它就生出新的来。所以铲也铲不尽，拔也拔不尽，简直成了一种讨厌的东西了。还有那些被倭瓜缠住了的，若想拔它，把倭瓜也拔掉了，所以只得让它在地上横躺竖卧的，也不能不开花。

长得非常之高，五六尺高，和玉蜀黍差不多一般高，比人还高了一点，红辣辣地开满了一片。

人们并不把它当作花看待，要折就折，要断就断，要连根拔也都随便。

到这园子里来玩的孩子随便折了一堆去，女人折了插满了一头。

这花园从园主一直到来游园的人，没有一个人是爱护这花的。这些花从来不浇水，任着风吹，任着太阳晒，可是却越开越红，越开越旺盛，把园子煊耀得闪眼，把六月夸奖得和水滚着那么热。

胭粉豆、金荷叶、马蛇菜都开得像火一般。

其中尤其是马蛇菜，红得鲜明晃眼，红得它自己随时要破裂流下红色汁液来。

从磨房看这园子，这园子更不知鲜明了多少倍，简直是金属的了，简直像在火里边烧着那么热烈。

可是磨房里的磨倌是寂寞的。

他终天没有朋友来访他，他也不去访别人，他记忆中的那些生活也模糊下去了，新的一样也没有。他三十多岁了，尚未结过婚，可是他的头发白了许多，牙齿脱落了好几个，看起来像是个青年的老头儿。阴天下雨，他不晓得；春夏秋冬，在他都是一样。和他同院的住些什么人，他不去留心；他的邻居和他住得很久了，他没有记得；住的是什么人，他没有记得。

他什么都忘了，他什么都记不得，因为他觉得没有一件事情是新鲜的。

人间在他是全然呆板的了。他只知道他自己是个磨倌，磨倌就是拉磨，拉磨之外的事情都与他毫无关系。

所以邻家的女儿，他好像没有见过；见过是见过的，因为他没有印象，就像没见过差不多。

磨房里，一匹小驴子围着一盘青白的圆石转着。磨道下面，被驴子经年地踢踏，已经陷下去一圈小洼槽。小驴的眼睛是戴了眼罩的，所以它什么也看不见，只是绕着圈瞎走。嘴上也给戴上了笼头，怕它偷吃磨盘上的麦子。

小驴知道，一上了磨道就该开始转了，所以走起来一声不响，两个耳朵尖尖的竖得笔直。

磨倌坐在罗架上，身子有点向前探着。他的面前竖了一个木架，架上横着一个用木做成的乐器，那乐器的名字叫“梆子”。

每一个磨倌都用一个，也就是每一个磨房都有一个。旧的磨倌走了，新的磨倌来了，仍然打着原来的梆子。梆子渐渐变成个元宝的形状，两端高而中间陷下，所发出来的音响也就不好听了，不响亮，不脆快，而且“踏踏”的沉闷的调子。

冯二成的梆子正是已经旧了的。他自己说：“这梆子有什么用？打在这梆子上就像打在老牛身上一样。”

他尽管如此说，梆子他仍旧是打的。

磨眼上的麦子没有了，他去添一添。从磨漏下来的麦粉满了一磨盘，他过去扫了扫。小驴的眼罩松了，他替它紧一紧。若是麦粉磨得太多了，应该上风车子了，他就把风车添满，摇着风车的大手轮，吹了起来，把麦皮都从风车的后部吹了出去。那风车是很大的，好像大象那么大。尤其是当那手轮摇起来的时候，呼呼的作响，麦皮混着冷风从洞口喷出来。这风车摇起来是很好看的，同时很好听。可是风车并不常吹，一天或两天才吹一次。

除了这一点点工作，冯二成子多半是站在罗架上，身子向前探着，他的左脚踏一下，右脚踏一下，罗底盖着罗床，那力量是很大的，连地皮都抖动了，和盖新房子时打地基的工夫差不多，啌啌的，又沉重，又闷气，使人听了要睡觉的样子。

所有磨房里的设备都说过了，只不过还有一件东西没有说，那就是冯二成子的小炕了。那小炕没有什么好记载的。总之这磨房是简单、寂静、呆板的。

看那小驴竖着两个尖尖的耳朵，好像也不吃草也不喝水，只晓得拉磨的样子。

冯二成子一看就看到小驴那两个直竖竖的耳朵，再看就看到墙下跑出的耗子，那滴溜溜亮的眼睛好像两盏小油灯似的。再看也看不见别的，仍旧是小驴的耳朵。

所以他不能不打梆子，从午间打起，一打打个通宵。

花儿和鸟儿睡着了，太阳回去了。大地变得清凉了好些。从后花园透进来的热气，凉爽爽的，风也不吹了，树也不摇了。

窗外虫子的鸣叫，远处狗的夜吠，和冯二成子的梆子混在一起，好像三种乐器似的。

磨房的小油灯忽咧咧地燃着（那小灯是刻在墙壁中间的，好像古墓里边站的长明灯似的），和有风吹着它似的。这磨房只有一扇窗子，还被挂满了黄瓜，把窗子遮得风雨不透。可是从哪里来的风？小驴也在响着鼻子抖擞着毛，好像小驴也着了寒了。

每天是如此：东方快启明的时候，朝露就先下来了，伴随着朝露而来的，是一种阴森森的冷气，这冷气冒着白烟似的沉重重地压到地面上来了。

落到屋瓦上，屋瓦从浅灰变到深灰色，落到茅屋上，那本来是浅黄的草，就变成深黄的了。因为露珠把它们打湿了，它们吸收了露珠的缘故。

唯有落到花上、草上、叶子上，那露珠是原形不变，并且由小聚大。大叶子上聚着大露珠，小叶子聚着小露珠。

玉蜀黍的缨穗挂上了霜似的，毛绒绒的。

倭瓜花的中心抱着一颗大水晶球。

剑形草是又细又长的一种野草，这野草顶不住太大的露珠，所以它的周身都是一点点的小粒。

等到太阳一出来时，那亮晶晶的后花园无异于昨天洒了银水了。

冯二成子看一看墙上的灯碗，在灯芯上结了一个红澄澄的大灯花。他又伸手去摸一摸那生长在窗棂上的黄瓜，黄瓜跟水洗的一样。

他知道天快亮了，露水已经下来了。

这时候，正是人们睡得正熟的时候，而冯二成子就像更焕发了起来。他的梆子就更响了，他拼命地打，他用了全身的力量，使那梆子响得爆豆似的。不但如此，那磨房唱了起来了，他大声疾呼的。好像他是照着民间所流传的，他是招了鬼了。他有意要把远近的人家都惊动起来，他竟乱打起来，他不把梆子打断了，他不甘心停止似的。

有一天下雨了。

雨下得很大，青蛙跳进磨房来好几个，有些蛾子就不断地往小油灯上扑，扑了几下之后，被烧坏了翅膀就掉在油碗里溺死了，而且不久蛾子就把油灯碗给掉满了，所以油灯渐渐地不亮下去，几乎连小驴的耳朵都看不清楚。

冯二成子想要添些灯油，但是灯油在上房里，在主人的屋里。

他推开门一看，雨真是大得不得了，瓢泼的一样，而且上房里也怕是睡下了，灯光不很大，只是影影绰绰的。也许是因为下雨上了风窗的关系，才那样黑混混的。

十步八步跑过去，拿了灯油就跑回来。冯二成子想。

但雨也是太大了，衣裳非都湿了不可；湿了衣裳不要紧，湿了鞋子可得什么时候干。

他推开房门看了好几次，也都是把房门关上了，没有跑过去。

可是墙上的灯又一会儿一会儿地要灭了，小驴的耳朵简直看不见了。他又打开门向上房看看，上房灭了灯了，院子里什么也看不见，只有隔壁赵老太太那屋还亮通通的，窗里还有咯咯的笑声。

那笑的是赵老太太的女儿。冯二成子不知为什么心里好不平静，他赶快关了门，赶快去拨灯碗，赶快走到磨架上，开始很慌张地打动着筛罗。可是无论如何那窗里的笑声好像还在那儿笑。

冯二成子打起梆子来，打了不几下，很自然地就会停住，又好像很愿意再听到那笑声似的。

这可奇怪了，怎么像第一天那边住着人。他自己想。

第二天早晨，雨过天晴了。

冯二成子在院子里晒他的那双湿得透透的鞋子时，偶一抬头看见了赵老太太的女儿，跟他站了个对面。

冯二成子从来没和女人接近过，他赶快低下头去。

那邻家女儿是从井边来，提了满满的一桶水，走得非常慢。等她完全走过去了，冯二成子才抬起头来。

她那向日葵花似的大眼睛，似笑非笑的样子，冯二成子一想起来就无缘无故地心跳。

有一天，冯二成子用一个大盆在院子里洗他自己的衣裳，洗着洗着，一不小心，大盆从木凳滑落而打碎了。

赵老太太也在窗下缝着针线，连忙就喊她的女儿，把自家的大盆搬出来，借给他用。

冯二成子接过那大盆时，他连看都没看赵姑娘一眼，连抬头都没敢抬头，但是赵姑娘的眼睛像向日葵花那么大，在想象之中他比看见来得清晰。于是他的手好像抖着似的把大盆接过来了。他又重新打了点水，没有打很多的水，只打了一大盆底。

恍恍惚惚地衣裳也没有洗干净，他就晒起来了。

从那之后，他也并不常见赵姑娘，但他觉得好像天天见面的一样。尤其是到了深夜，他常常听到隔壁的笑声。

有一天，他打了一夜梆子。天亮了，他的全身都酸了。他把小驴子解下来，拉到下过朝露的潮湿的院子里，看着那小驴打了几个滚，而后把小驴拴到槽子上去吃草。他也该是睡觉的时候了。

他刚躺下，就听到隔壁女孩的笑声，他赶快抓住被边把耳朵掩盖起来。

但那笑声仍旧在笑。

他翻了一个身，把背脊向着墙壁，可是仍旧不能睡。

他和那女孩相邻地住了两年多了，好像他听到她的笑还是最近的事情。

他自己也奇怪起来。

那边虽是笑声停止了，但是又有别的声音了：刷锅，劈柴发火的声音，件件样样都听得清清晰晰。而后，吃早饭的声音他都感觉到了。

这一天，他实在睡不着，他躺在那里心中十分悲哀，他把这两年来的生活都回想了一遍……

刚来的那年，母亲来看过他一次。从乡下给他带来一筐子黄米豆包。母亲临走的时候还流了眼泪说："孩儿，你在外边好好给东家做事，东家错待不了你的……你老娘这两年身子不大硬实。一旦有个一口气上不来，只让你哥哥把老娘埋起来就算了事。人死如灯灭，你就是跑到家又能怎样！……可千万要听娘的话，人家拉磨，一天拉好多麦子，是一定的，耽误不得，可要记住老娘的话……"

那时，冯二成子已经三十六岁了，他仍很小似的，听了那话就哭了。他抬起头看看母亲，母亲确是瘦得厉害，而且也咳嗽得厉害。

"不要这样傻气，你老娘说是这样说，哪就真会离开了你们的。你和你哥哥都是三十多岁了，还没成家，你老娘还要看到你们……"

冯二成子想到"成家"两个字，脸红了一阵。

母亲回到乡下去，不久就死了。

他没有照着母亲的话做，他回去了，他和哥哥亲自送的葬。

是八月里辣椒红了的时候，送葬回来，沿路还摘了许多红辣椒，炒着吃了。

以后再想一想，就想不起什么来了。拉磨的小驴子仍旧是原来的小驴子。

磨房也一点没有改变，风车也是和他刚来时一样，黑洞洞地站在那里，连个方向也没改换。筛罗子一踏起来它就“咚咚”响。他向筛罗子看了一眼，宛如他不去踏它，它也在响的样子。

一切都习惯了，一切都照着老样子。他想来想去什么也没有变，什么也没有多，什么也没有少。这两年是怎样生活的呢？他自己也不知道，好像他没有活过的一样。他伸出自己的手来，看看也没有什么变化；捏一捏手指的骨节，骨节也是原来的样子，尖锐而突出。

他又回想到他更远的幼小的时候去，在沙滩上煎着小鱼，在河里脱光了衣裳洗澡；冬天堆了雪人，用绿豆给雪人做了眼睛，用红豆做了嘴唇；下雨的天气，妈妈打来了，就往水洼中跑……妈妈因此而打不着他。

再想又想不起什么来，这时候他昏昏沉沉地要睡了去。

刚要睡着，他又被惊醒了，好几次都是这样。也许是炕下的耗子，也许是院子里什么人说话。

但他每次睁开眼睛，都觉得是邻家女儿惊动了他。他在梦中羞怯怯地红了好几次脸。

从这以后，他早晨睡觉时，他先站在地中心听　听，邻家是否有了声音。

若是有了声音，他就到院子里拿着一把马刷子刷那小驴。

但是巧得很，那女孩子一清早就到院子来走动，一会儿出来拿一捆柴，一会儿出来泼一瓢水。总之，他与她从这以后，好像天天相见。

这一天八月十五，冯二成子穿了崭新的衣裳，刚刚理过头发回来，上房就嚷着：“喝酒了，喝酒啦……”

因为过节是和东家同桌吃的饭，什么腊肉，什么松花蛋，样样皆有。其中下酒最好的要算凉拌粉皮，粉皮里外加着一束黄瓜丝，还有辣椒油洒在上面。

冯二成子喝足了酒，退出来了，连饭也没有吃，他打算到磨房去睡一觉。

常年也不喝酒，喝了酒头有些昏。他从上房走出来，走到院子里碰到了赵老太太，她手里拿着一包月饼，正要到亲戚家去。她一见了冯二成子，她连忙喊着女儿说："你快拿月饼给老冯吃。过节了，在外边的跑腿人，不要客气。"

说完了，赵老太太就走了。

冯二成子接过月饼在手里，他看那姑娘满身都穿了新衣裳，脸上涂着胭脂和香粉。因为他怕难为情，他想说一声谢谢也没说出来，回身就进了磨房。

磨房比平日更冷清了，小驴也没有拉磨，磨盘上供着一块黄色的牌位，上面写着"白虎神之位"，燃了两根红蜡烛，烧着三炷香。

冯二成子迷迷昏昏地吃完了月饼，靠着罗架站着，眼睛望着窗外的花园。

他一无所思地往外看着，正这时又有了女人的笑声，并且这笑声是熟悉的，但不知这笑声是从哪方面来的，后花园还是隔壁？

他一回身，就看见了邻家的女儿站在大开着的门口。

她的嘴是红的，她的眼睛是黑的，她的周身发着光辉，带着吸力。

他怕了，低了头不敢再看。

那姑娘自言自语地说："这儿还供着白虎神呢！"

说着，她的一个小同伴招呼着她就跑了。

冯二成子几乎要昏倒了，他坚持着自己，他睁大了眼睛，看一看自己的周遭，看一看是否在做梦。

这哪里是在做梦，小驴站在院子里吃草，上房还没有喝完酒的划拳的吵闹声仍还没有完结。他站到磨房外边，向着远处都看了一遍。远处的人家，有的在树林中，有的在白云中露着屋角，而附近的人家，就是同院子住着的也都恬静地在节日里边升腾着一种看不见的欢喜，流荡着一种听不见的笑声。

但冯二成子看着什么都是空虚的。寂寞的秋空的游丝，飞了他满脸，挂住了他的鼻子，绕住了他的头发。他用手把游丝揉擦断了，他还是往前看去。

他的眼睛充满了亮晶晶的眼泪，他的心中起了一阵莫名其妙的悲哀。

他羡慕在他左右跳着的活泼的麻雀，他妒恨房脊上咕咕叫的悠闲的鸽子。

他的感情软弱得像要瘫了的蜡烛似的。他心里想：鸽子你为什么叫？叫得人心慌！你不能不叫吗？游丝你为什么绕了我满脸？你多可恨！

恍恍惚惚他又听到那女孩子的笑声。

而且和闪电一般，那女孩子来到他的面前了，从他面前跑过去了，一转眼跑得无影无踪的。

冯二成子仿佛被卷在旋风里似的，迷迷离离地被卷了半天，而后旋风把他丢弃了。旋风自己跑去了，他仍旧是站在磨房外边。

从这以后，可怜的冯二成子害了相思病，脸色灰白，眼圈发紫，茶也不想吃，饭也咽不下，他一心一意地想着那邻家的姑娘。

读者们，你们读到这里，一定以为那磨房里的磨倌必得要和邻家女儿发生一点关系。其实不然的。后来是另外的一位寡妇。

世界上竟有这样谦卑的人，他爱了她，他又怕自己的身份太低，怕毁坏了她。他偷着对她寄托一种心思，好像他在信仰一种宗教一样。邻家女儿根本不晓得有这么一回事。

不久，邻家女儿来了说媒的，不久那女儿就出嫁去了。

婆家来娶新媳妇的那天，抬着花轿子，打着锣鼓，吹着喇叭，就在磨房的窗外，连吹带打的热闹了起来。

冯二成子把头伏在梆子上，他闭了眼睛，他一动也不动。

那边姑娘穿了大红的衣裳，搽了胭脂粉，满手抓着铜钱，被人抱上了轿子。放了一阵炮仗，敲了一阵铜锣，抬起轿子来走了。

走得很远很远了，走出了街去，那打锣声只能丝丝拉听到一点。

冯二成子仍旧没有把头抬起，一直到那轿子走出几里路之外，就连被娶亲惊醒了的狗叫也都平静下去时，他才抬起头来。

那小驴蒙着眼罩静静地一圈一圈地在拉着空磨。

他看一看磨眼上一点麦子也没有了，白花花的麦粉流了满地。

那女儿出嫁以后，冯二成子常常和赵老太太攀谈，有的时候还到老太太的房里坐一坐。他不知为什么总把那老太太当作一位近亲来看待，早晚相见时，总是彼此笑笑。

这样也就算了，他觉得那女儿出嫁了反而随便了些。

可是这样过了没久，赵老太太也要搬家了，搬到女儿家去。

冯二成子帮着去收拾东西。在他收拾着东西时，他看见针线篓里有一个细小的白骨顶针。他想：这可不是她的？那姑娘又活跃跃地来到他的眼前。

他看见了好几样东西，都是那姑娘的。刺花的围裙卷放在小柜门里，一团扎过了的红头绳子洗得干干净净的，用一块纸包着。他在许多乱东西里拾到这纸包，他打开一看，他问赵老太太，这头绳要放在哪里？老太太说："放在小梳头匣子里吧，我好给她带去。"

冯二成子打开了小梳头匣，他看见几根扣发针和一个假烧蓝翠的戒指仍放在里边。他嗅到一种梳头油的香气。他想这一定是那姑娘的，他把梳头匣关了。

他帮着老太太把东西收拾好，装上了车，还牵着拉车的大黑骡子上前去送了一程。

送到郊外，迎面的菜花都开了，满野飘着香气。老太太催他回来，他说他再送一程。他好像对着旷野要高歌的样子，他的胸怀像飞鸟似的张着，他面向着前面，放着大步，好像他一去就不回来的样子。

可是冯二成子回来的时候，太阳还正晌午。虽然是秋天了，没有夏天那么鲜艳，但是到处飘着香气。高粱成熟了，大豆黄了秧子，野地上仍旧是红的红绿的绿。冯二成子沿着原路往回走。走了一程，他还转回身去，向着赵老太太走去的远方望一望。但是连一点影子也看不见了。蓝天凝结得那么严酷，连一些皱褶也没有，简直像是用蓝色纸剪成的。

他用了他所有的目力，探究着蓝色的天边处，是否还存在着一点点黑点，若是还有一个黑点，那就是赵老太太的车子了。可是连一个黑点也没有，实在是没有的，只有一条白亮亮的大路，向着蓝天那边爬去，爬到蓝天的尽头，这大路只剩了窄狭的一条。

赵老太太这一去什么时候再能够见到，没有和她约定时间，也没有和她约定地方。他想顺着大路跑去，跑到赵老太太的车子前面，拉住大黑骡子，他要向她说："不要忘记了你的邻居，上城里来的时候可来看我一次。"

但是车子一点影也没有了，追也追不上了。

他转回身来，仍走他的归途，他觉得这回来的路，比去的时候不知远了多少倍。

他不知为什么这次送赵老太太，比送他自己的亲娘还更难过。他想：人活着为什么要分别？既然永远分别，当初又何必认识！人与人之间又是谁给造了这个机会？既然造了机会，又是谁把机会给取消了？

他越走他的脚越沉重，他的心越空虚，就在一个有树荫的地方坐下来。

他往四方左右望一望，他望到的，都是在劳动着的，都是在活着的，赶车的赶车，拉马的拉马，割高粱的人，满头流着大汗。还有的手被高粱秆扎破了，或是脚被扎破了，还浸浸地沁着血，而仍是不停地在割。他看了一看，他不能明白，这都是在做什么；他不明白，这都是为着什么。他想：你们那些手拿着的，脚踏着的，到了终归，你们是什么也没有的。你们没有了母亲，你们的父亲早早死了，你们该娶的时候，娶不到你们所想的；你们到老的时候，看不到你们的子女成人，你们就先累死了。

冯二成子看一看自己的鞋子掉底了，于是脱下鞋子用手提鞋子，站起来光着脚走。他越走越奇怪，本来是往回走，可是心越走越往远处飞。究竟飞到哪里去了，他自己也把捉不定。总之，他越往回走，他就越觉得空虚。路上他遇上一些推手车的、挑担的，他都用了奇怪的眼光看了他们一下：你们是什么也不知道，你们只知道为你们的老婆孩子当一辈子牛马，你们都白活了，你们自己还不知道。你们要吃的吃不到嘴，要穿的穿不上身，你们为了什么活着，活得那么起劲!

他看见几个卖豆腐脑的，搭着白布篷，篷下站着好几个人在吃。有的争着要多加点酱油，而那卖豆腐脑的偏偏给他加上几粒盐。卖豆腐脑的说酱油太贵，多加要赔本的。于是为着点酱油争吵了起来。冯二成子老远地就听他们在嚷嚷。他用斜眼看了那卖豆腐脑的：你这个小气人，你为什么那么苛刻？你都是为了老婆孩子！你要白白活这一辈子，你省吃俭用，到头你还不是个穷鬼!

冯二成子这一路上所看到的几乎完全是这一类人。

他用各种眼光批评了他们。

他走了一会儿，转回身去看看远方，并且站着等了一会儿，好像远方会有什么东西自动向他飞来，又好像远方有谁在招呼着他。他几次三番地这样停下来，好像他侧着耳朵细听。但只有雀子的叫声从他头上飞过，其余没有别的了。

他又转身向回走，但走得非常迟缓，像走在荆蓁的草中。仿佛他走一步，被那荆蓁拉住过一次。

终于他全然没有了气力，全身和头脑。他找到一片小树林，他在那里伏在地上哭了一袋烟的工夫。他的眼泪落了一满树根。

他回想着那姑娘束了花围裙的样子，那走路的全身愉快的样子。他再想那姑娘是什么时候搬来的，他连一点印象也没有记住，他后悔他为什么不早点发现她。她的眼睛看过他两三次，他虽不敢直视过去，但他感觉得到，那眼睛是深黑的，含着无限情意的。他想到了那天早晨他与她站了个对面，那眼睛是多么大！那眼光是直逼他而来的。他一想到这里，他恨不得站起来扑过去。但是现在都完了，都去得无声无息的那么远了，也一点痕迹没有留下，也永久不会重来了。

这样广茫茫的人间，让他走到哪方面去呢？是谁让人如此，把人生下来，并不领给他一条路子，就不管他了。

黄昏的时候，他从地面上抓了两把泥土，他昏昏沉沉地站起来，仍旧得走着他的归路。

他好像失了魂魄的样子，回到了磨房。

看一看罗架好好地在那儿站着，磨盘好好地在那儿放着，一切都没有变动。吹来的风依旧是很凉爽的。从风车吹出来的麦皮仍旧在大篓子里盛着，他抓起一把放在手心上擦了擦，这都是昨天磨的麦子，昨天和今天是一点也没有变。他拿了刷子刷了一下磨盘，残余的麦粉冒了一阵白烟。这一切都和昨天一样，什么也没有变。耗子的眼睛仍旧是很亮很亮的跑来跑去。后花园静静的和往日里一样的没有声音。上房里，东家的太太抱着孙儿和邻居讲话，讲得仍旧和往常一样热闹。担水的往来在井边，有谈有笑的放着大步往来地跑，绞着井绳的转车咔啦咔啦的大大方方地响着。一切都是快乐的，有意思的。就连站在槽子那里的小驴，一看冯二成子回来了，也表示欢迎似的张开大嘴来叫了几声。冯二成子走上前去，摸一摸小驴的耳朵，而后从草包取一点草散在槽子里，而后又领着那小驴到井边去饮水。

他打算再工作起来，把小驴仍旧架到磨上，而他自己还是愿意鼓动着勇气打起梆子来。但是他未能做到，他好像丢了什么似的，好像是被人家抢去了什么似的。

他没有拉磨，他走到街上来荡了半夜，二更之后，街上的人稀疏了，都回家去睡觉去了。

他经过靠着缝衣裳来过活的老王那里，看她的灯还未灭，他想进去歇一歇脚也是好的。

老王是一个三十多岁的寡妇，因为生活的忧心，头发白了一半了。

她听了是冯二成子来叫门，就放下了手里的针线来给他开门了。

还没等他坐下，她就把缝好的冯二成子的蓝单衫取出来了，并且说着："我这两天就想要给你送去，为着这两天活计多，多做一件，多赚几个，还让你自家来拿……”

她抬头一看冯二成子的脸色是那么冷落，她忙着问：“你是从街上来的吗？是从哪儿来的？”

一边说着一边就让冯二成子坐下。

他不肯坐下，打算立刻就要走，可是老王说：“有什么不痛快的？跑腿子在外的人，要舒心坦意。”

冯二成子还是没有响。

老王跑出去给冯二成子买了些烧饼来，那烧饼还是又脆又热的，还买了酱肉。老王手里有钱时，常常自己喝一点酒，今天也买了酒来。

酒喝到三更，王寡妇说：“人活着就是这么的，有孩子的为孩子忙，有老婆的为老婆忙，反正做一辈子牛马。年轻的时候，谁还不是像一棵小树似的，盼着自己往大了长，好像有多少黄金在前边等着。可是没有几年，体力也消耗完了，头发黑的黑，白的白……”

她给他再斟一盅酒。

她斟酒时，冯二成子看她满手都是筋络，苍老得好像大麻的叶子一样。

但是她说的话，他觉得那是对的，于是他把那盅酒举起来就喝了。

冯二成子也把近日的心情告诉了她。他说他对什么都是烦躁的，对什么都没有耐性了。他所说的，她都理解得很好，接着他的话，她所发的议论也和他的一样。

喝过了三更以后，冯二成子也该回去了。他站起来，抖擞一下他的前襟，他的感情宁静多了，他也清晰得多了，和落过雨后又复见了太阳似的，他还拿起老王在缝着的衣裳看看。问她一件夹袄的手工多少钱。

老王说：“那好说，那好说，有夹袄尽管拿来做吧。”

说着，她就拿起一个烧饼，把剩下的酱肉通通夹在烧饼里，让冯二成子带着：“过了半夜，酒要往上返的，吃下去压一压酒。”

冯二成子百般地没有要，开了门，出来了，满天都是星光；中秋以后的风，也有些凉了。

“是个月黑头夜，可怎么走！我这儿也没有灯笼……”

冯二成子说：“不要，不要！”就走出来了。

在这时，有一条狗往屋里钻，老王骂着那狗：“还没有到冬天，你就怕冷了，你就往屋里钻！”

因为是夜深了的缘故，这声音很响。

冯二成子看一看附近的人家都睡了。王寡妇也在他的背后闩上了门，适才从门口流出来的那道灯光，在闩门的声音里边，又被收了回去。

冯二成子一边看着天空的北斗星，一边来到了小土坡前。那小土坡上长着不少野草，脚踏在上边，绒绒乎乎的。于是他蹲了双腿，试着用指尖搔一搔，是否这地方可以坐一下。

他坐在那里非常宁静，前前后后的事情，他都忘得干干净净，他心里边没有什么骚扰，什么也没有想，好像什么也想不起来了。晌午他送赵老太太走的那回事，似乎是多少年前的事情。现在他觉得人间并没有许多人，所以彼此没有什么妨害，他的心境自由得多了，也宽舒得多了，任着夜风吹着他的衣襟和裤脚。

他看一看远近的人家，差不多都睡觉了，尤其是老王的那一排房子，通通睡了，只有王寡妇的窗子还透着灯光。他看了一会儿，他又把眼睛转到另外的方向去，有的透着灯光的窗子，眼睛看着看着，窗子忽然就黑了一个，忽然又黑了一个。屋子灭掉了灯，竟好像沉到深渊里边去的样子，立刻消灭了。

而老王的窗子仍旧是亮的，她的四周都黑了，都不存在了，那就更显得她单独地停在那里。

“她还没有睡呢！”他想。

她怎么还不睡？他似乎这样想了一下。是否他还要回到她那边去，他心里很犹疑。

等他不自觉地又回到老王的窗下时，他终于敲了她的门。里边应着的声音并没有惊奇，开了门让他进去。

这夜，冯二成子就在王寡妇家里结了婚了。

他并不像世界上所有的人结婚那样：也不跳舞，也不招待宾客；也不到礼拜堂去。而也并不像邻家姑娘那样打着铜锣，敲着大鼓。但是他们庄严得很，因为百感交集，彼此哭了一遍。

第二年夏天，后花园里的花草又是那么热闹，倭瓜淘气地爬上了树了，向日葵开了大花，惹得蜂子成群地闹着，大菽茨、爬山虎、马蛇菜、胭粉豆，样样都开了花。耀眼的耀眼，散着香气的散着香气。年年爬到磨房窗棂上来的黄瓜，今年又照样的爬上来了；年年结果子的，今年又照样地结了果子。

唯有墙上的狗尾草比去年更为茂盛，因为今年雨水多而风少。

园子里虽然是花草鲜艳，而很少有人到园子里来，是依然如故。

偶然园主的小孙女跑进来折一朵大菽茨花，听到屋里有人喊着："小春，小春……"

她转身就跑回屋去，而后把门又轻轻地闩上了。

算起来就要一年了，赵老太太的女儿就是从这靠着花园的厢房出嫁的。

在街上，冯二成子碰到那出嫁的女儿一次，她的怀里抱着一个小孩。

可是冯二成子也有了小孩了。磨房里拉起了一张白布帘子来，帘子后边就藏着出生不久的婴孩和孩子的妈妈。

又过了两年，孩子的妈妈死了。

冯二成子坐在罗架上打筛罗时，就把孩子骑在梆子上。夏昼十分热了，冯二成子把头垂在孩子的腿上，打着瞌睡。

不久，那孩子也死了。

后花园里经过了几度繁华，经过了几次凋零，但那大菽茨花它好像世世代代要存在下去的样子，经冬复历春，年年照样地在园子里边开着。

园主人把后花园里的房子都翻了新了，只有这磨房连动也没动，说是磨房用不着好房子的，好房子也让筛罗“咚咚”地震坏了。

所以磨房的屋瓦，为着风吹，为着雨淋，一排一排的都脱了节。每刮一次大风，屋瓦就要随着风在半天空里飞走了几块。

夏昼，冯二成子伏在梆子上，每每要打瞌睡。他瞌睡醒来时，昏昏庸庸的他看见眼前跳跃着无数条光线，他揉一揉眼睛，再仔细看一看，原来是房顶露了天了。

以后两年三年，不知多少年，他仍旧在那磨房里平平静静地活着。

后花园的园主也老死了，后花园也拍卖了。这拍卖只不过给冯二成子换了个主人。这个主人并不是个老头儿，而是个年轻的、爱漂亮、爱说话的，常常穿了很干净的衣裳来磨房的窗外，看那磨倌怎样打他的筛罗，怎样摇他的风车。

# 小偷、车夫和老头

木柈车在石路上发着隆隆的重响。出了木柈场，这满车的木使老马拉得吃力了！但不能满足我，大木柈堆对于这一车木柈，真像在牛背上拔了一根毛，我好像嫌这柈子太少。

“丢了两块木哩柈！小偷来抢的，没看见？要好好看着，小偷常偷柈子……十块八块木柈也能丢。”

我被车夫提醒了！觉得一块木柈也不该丢，木柈对我才恢复了它的重要性。小偷眼睛发着光又来抢时，车夫在招呼我们：

“来了啊！又来啦！”

郎华招呼一声，那竖着头发的人跑了！

“这些东西顶没有脸，拉两块就得啦吧！贪多不厌，把这一车都送给你好不好？……”打着鞭子的车夫，反复地在说那个小偷的坏话，说他贪多不厌。

在院心把木柈一块块推下车来，那还没有推完，车夫就不再动手了！把车钱给了他，他才说：“先生，这两块给我吧！拉家去好烘烘火，孩子小，屋子又冷。”

“好吧！你拉走吧！”我看一看那是五块顶大的他留在车上。

这时候他又弯下腰，去弄一些碎的，把一些木皮扬上车去，而后拉起马来走了。但他对他自己并没说贪多不厌，别的坏话也没说，跑出大门道去了。

只要有木柈车进院，铁门栏外就有人向院里看着问：“柈子拉（锯）不拉？”

那些人带着锯，有两个老头也扒着门扇。

这些柈子就讲妥归两个老头来锯，老头有了工作在眼前，才对那个伙伴说：“吃点么？”

我去买给他们面包吃。

柈子拉完又送到柈子房去。整个下午我不能安定下来，好像我从未见过木柈，木柈给我这样的大欢喜，使我坐也坐不定，一会跑出去看看。最后老头子把院子扫得干干净净的了！

这时候，我给他工钱。

我先用碎木皮来烘着火。夜晚在三月里也是冷一点，玻璃窗上挂着蒸汽。没有点灯，炉火颗颗星星地发着爆炸，炉门打开着，火光照红我的脸，我感到例外的安宁。

我又到窗外去拾木皮，我吃惊了！老头子的斧子和锯都背好在肩上，另一个背着架子的木架，可是他们还没有走。这许多的时候，为什么不走呢？

“太太，多给了钱吧？”

“怎么多给的！不多，七角五分不是吗？”

“太太，吃面包钱没有扣去！”那几角工钱，老头子并没放入衣袋，仍呈在他的手上，他借着离得很远的门灯在考察钱数。

我说：“吃面包不要钱，拿着走吧！”

“谢谢，太太。”感恩似的，他们转过身走去了，觉得吃面包是我的恩情。

我愧得立刻心上烧起来，望着那两个背影停了好久，羞恨的眼泪就要流出来。已经是祖父的年纪了，吃块面包还要感恩吗？

# 林小二

在一个有太阳的日子，我的窗前有一个小孩在弯着腰大声地喘着气。

我是在房后站着，随便看着地上的野草在晒太阳。山上的晴天是难得的，为着使屋子也得到干燥的空气，所以门是开着。接着就听到或者是草把，或者是刷子，或者是一只有弹性的尾巴，沙沙的在地上拍着，越听到拍的声音越真切，就像已经在我的房间的地板上拍着一样。我从后窗子再经过开着的门隔着屋子看过去，看到了一个小孩手里拿着扫帚在弯着腰大声的喘着气。

而他正用扫帚尖扫在我的门前土坪上，那不像是扫，而是用扫帚尖在拍打。

我心里想，这是什么事情呢？保育院的小朋友们从来不到这边做这样的事情。我想去问一问，我心里起着一种亲切的情感对那孩子。刚要开口又感到特别生疏了，因为我们住的根本并不挨近，而且仿佛很远，他们很少时候走来的。我和他们的生疏是一向生疏下来的，虽然每天听着他们升旗降旗的歌声，或是看着他们放在空中的风筝。

那孩子在小房的长廊上扫了很久很久。我站在离他远一点的地方看着他。他比那扫地的扫帚高不了多少，所以是用两只手把着扫帚，他的扫帚尖所触过的地方，想要有一个黑点留下也不可能。他是一边扫一边玩，我看他把一小块黏在水门汀走廊上的泥土，用鞋底擦着，没有擦起来，又用手指甲掀着，等掀掉了那块泥土，又抡起扫帚来好像抡着鞭子一样的把那块掉的泥土抽了一顿，同时嘴里边还念叨了些什么。走廊上靠着一张竹床，他把竹床的后边扫了。完了又去移动那只水桶，把小脸孔都累红了。

这时，院里的一位先生到这边来，当她一走下那高坡，她就用一种响而愉快的声音呼唤着他：

“林小二！……林小二在这里做什么？……”

这孩子的名字叫林小二。

“啊！就是那个……林小二吗？”

那位衣襟上挂着圆牌子的先生说：

“是的……他是我们院里的小名人，外宾来访也访问他。他是流浪儿，在汉口流浪了几年的。是退却之前才从汉口带出来的。他从前是个小叫花，到院里来就都改了，比别的小朋友更好。”

接着她就问他：“谁叫你来扫的呀？哪个叫你扫地？”

那孩子没有回答，摇摇头。我也随着走到他旁边去。

“你几岁，小朋友？”

他也不回答我，他笑了，一排小牙齿露了出来。那位先生代他说是十一岁了。

关于林小二，是在不久前我才听说的。他是汉口街头的小叫花，已经两三年就是小叫花了。他不知道父亲母亲是谁，他不知道他姓什么，他不知道自己的名字是从哪里来的。他没有名，没有姓，没有父亲母亲。林小二，就是林小二。人家问：“你姓什么？”他摇摇头。人家问：“你就是林小二吗？”

他点点头。

从汉口刚来到重庆时，这些小朋友们住在重庆，林小二在夜里把所有的自来水龙头都放开了，楼上楼下都湿了……又有一次，自来水龙头不知谁偷着打开的，林小二走到楼上，看见了，便安安静静地，一个一个关起来。而后，到先生那儿去报告，说这次不是他开的了。

现在林小二在房头上站着，高高的土丘在他的旁边，他弯下腰去，一颗一颗地拾着地上的黄土块。那些土块是院里的别的一些小朋友玩着抛下来的，而他一块一块的从房子的临近拾开。一边拾着，他的嘴里一边念叨什么似的自己说着话，他带着非常安闲而寂寞的样子。

我站在很远的地方看着他，他拾完了之后就停在我的后窗子的外边，像一个大人似的在看风景。那山上隔着很远很远的偶尔长着一棵树，那山上的房屋，要努力去寻找才能够看见一个，因为绿色的菜田过于不整齐的缘故，大块小块割据着山坡，所以山坡上的人家像大块的石头似的，不容易被人注意而混扰在石头之间了。山下则是一片水田，水田明亮得和镜子似的，假若有人掉在田里，就像不会游泳的人沉在游泳池一样，在感觉上那水田简直和小湖一样了。田上看不见收拾苗草的农人，落雨的黄昏和起雾的早晨，水田通通是自己睡在山边上，一切是寂静的，晴天和阴天都是一样的寂静。只有山下那条发白的公路，每隔几分钟，就要有汽车从那上面跑过。车子从看得见的地方跑来，就带着轰轰的响声，有时竟以为是飞机从头上飞过。山中和平原不同，震动的响声特别大，车子就跑在山的夹缝中。若遇着成串的运着军用品的大汽车，就把左近的所有的山都震鸣了，而保育院里的小朋友们常常听着他们的欢呼，他们叫着，而数着车子的数目，十辆二十辆常常经过，都是黄昏以后的时候。林小二仿佛也可以完全辨认出这些感觉似的在那儿努力地辨认着。林小二若伸出两手来，他的左手将指出这条公路重庆的终点；而右手就要指出到成都去的方向罢。但是林小二只把眼睛看到墙根上，或是小土坡上，他很寂寞的自己在玩着，嘴里仍旧念叨着什么似的在说话。他的小天地，就他周围一丈远，仿佛他向来不想走上那公路的样子。

他发现了有人在远处看着他，他就跑了，很害羞的样子跑掉的。

我又见他，就是第二次看见他，是一个雨天。一个比他高的小朋友，从石阶上一磴一磴的把他抱下来。这小叫花子有了朋友了，接受了爱护了。他是怎样一定会长得健壮而明朗的呀……他一定的，我想起班台莱耶夫的《表》。

# 三个无聊人

一个大胖胖，戴着圆眼镜。另一个很高，肩头很狭。第三个弹着小四弦琴，同时读着李后主的词：

“四十年来家国，三千里地山河……”读到一句的末尾，琴弦没有节调的，重复地响了一下，这样就算他把词句配上了音乐。

“嘘！”胖子把被角揿了一下，接着唱道，“杨延辉，坐宫院……”他的嗓子像破了似的。

第三个也在作声：

“小品文和漫画哪里去了？”总是这人比其他两个好，他愿意读杂志和其他刊物。

“唉！无聊！”每次当他读完一本的时候，他就用力向桌面摔去。

晚间，狭肩头的人去读“世界语”了。临出门时，他的眼光很足，向着他的两个同伴说：

“你们这是干什么！没有纪律，一天哭哭叫叫的。”

“唉！无聊！”当他回来的时候，眼睛也无光了。

照例是这样，临出门时是兴奋的，回来时他就无聊了，和他的两个同伴同样没有纪律。从学“世界语”起，这狭肩头的差不多每天念起“爱丝迫乱多”，后来他渐渐骂起“爱丝迫乱多”来，这可不知因为什么？

他们住得很好，铁丝颤条床，淡蓝色的墙壁涂着金花，两只四十烛光灯泡，窗外有法国梧桐，楼下是外国菜馆，并且铁盒子里不断地放着饼干，还有罐头鱼。

“唉！真无聊！”高个狭肩头的说。

于是胖同伴提议去到法国公园，园中有流汗的园丁；园门口有流汗的洋车夫；巧得很，一个没有手脚的乞丐，滚叫在公园的道旁被他们遇见。

“老黑，你还没有起来吗？真够享福了。”狭着肩头的人从公园回来，要把他的第三个同伴拖下来，“真够受的，你还在梦中……”

“不要闹，不要闹，我还困呢！”

“起来吧！去看看那滚号在公园门前的人，你就不困啦！”

那睡在床上的，没有相信他的话，并没起来。

狭肩头的，愤愤懑懑地，整整一个早晨，他没说无聊，这是他看了一个无手无足的乞丐的结果。也许他看到这无手无足的东西就有聊了！

十二点钟要去午餐，这愤愤的人没有去。

“太浪费了，吃些面包不能过吗？”他又出去买沙丁鱼。

等晚上有朋友来，他就告诉他无钱的朋友：

“你们真是不会俭省，买面包吃多么好！”

他的朋友吃了两天面包，把胃口吃得很酸。

狭肩头人又无聊了，因为他好几天没有看到无手无足的人，或是什么特别惨状的人。

他常常街上去走，只要看到卖桃的小孩在街上被巡捕打翻了筐子，他也够有聊几个钟头。慢慢他这个无聊的病非到街头去治不可，后来这卖桃的小孩一类一事竟治不了他。那么就必须看报了，报纸上说：烟台煤矿又烧死多少，或是压死多少人。

“啊呀！真不得了，这真是惨目。”这样大事能他三两天反复着说，他的无聊，像一种病症似的，又被这大事治住个三两天。他不无聊很有聊的样子读小说，读杂志。

“四十年来家国，三千里地山河……”老黑无聊的时候就唱这调子，他不愿意看什么惨事，他也不愿意听什么伟大的话，他每天不用理智，就用感情来生活着，好像个真诗人似的。四弦琴在他的手下，不成调的嗒啦啦嗒啦啦……“嗒啦，嗒啦，啦嗒嗒……”胖同伴的木鞋在地板上打拍，手臂在飞着……

“你们这是干什么？”读杂志的人说。

“我们这是在无聊！”三个无聊人听到这话都笑了。

胖同伴，有书也读书，有理论也读理论，有琴也弹琴，有人弹琴他就唱。但这在他都是无聊的事情，对于他实实在在有趣的，是“先施公司”：

“那些女人真可怜，有的连血色都没有了，可是还站在那里拉客……”他常常带着钱去可怜那些女人。

“最非人生活的就是这些女人，可是没有人知道更详细些。”他这态度是个学者的态度。说着他就搭电车，带着钱，热诚地去到那些女人身上去研究“社会科学”去了。

剩下两个无聊，一个在看报，一个去到公园，拿着琴。去到公园的不知怎样，最大限度也不过“四十年来家国，三千里地山河……”

但是在看报的却发足火来，无论怎样看，报上也不过载着煤矿啦，或者是什么大河大川暴涨淹死多少人，电车轧死小孩，受经济压迫投黄浦自杀一类。

无聊！无聊！

人间慢慢治不了他这个病了。

可惜没有比煤矿更惨的事。

# 看风筝

## 一

拖着鞋，头上没有帽子，鼻涕在胡须上结起网罗似的冰条来，纵横地网罗着胡须。在夜间，在冰雪闪着光芒的时候，老人依着街头电线杆，他的黑色影子缠住电杆。他在想着这样的事：

“穷人活着没有用，不如死了！”

老人的女儿三天前死了，死在工厂里。

老人希望得几个赡养费，他奔波了三天了！拖着鞋奔波，夜间也是奔波；他到工厂，从工厂又要到工厂主家去。他三天没有吃饭，实在不能再走了。他不觉得冷，因为他整个的灵魂在缠住他的女儿，已死了的女儿。

半夜了，老人才一步一挨地把自己运到家门，这是一件多么不容易的事：胡须颤抖，他走起路来谁看着都要联想起被大风吹摇就要坍塌的土墙，或是房屋，眼望砖瓦四下分离地游动起来。老人在冰天雪地里，在夜间没人走的道路上筛着他的胡须，筛着全身在游离的筋肉。他走着，他的灵魂也像解了体的房屋一样，一面在走，一面坍落。

老人自己把身子再运到炕上，然后他喘着牛马似的呼吸，全身的肉体坍落尽了，为了他的女儿而坍落尽的，因为在他女儿的背后埋着这样的事：

“女儿死了，自己不能做工，赡养费没有，儿子出外三年不见回来。”

老人哭了！他想着他的女儿哭，但哭的却不是他的女儿，是哭着他女儿死了以后的事。

屋子里没有灯光，黑暗是一个大轮廓，没有线条，也没有颜色的大轮廓。老人的眼泪在他有皱纹的脸上爬，横顺地在黑暗里爬；他的眼泪变成了无数的爬虫了，个个从老人的内心出发。

外面的风在号叫，夹着冬天枯树的声音。风卷起地上的积雪，扑向窗纸打来，唰唰地响。

## 二

刘成在他父亲给人做雇农的时候，他在中学里读过书，不到毕业他就混进某个团体了。他到农村去过。不知他潜伏着什么作用，他也曾进过工厂。后来他没有踪影了，三年没有踪影。关于他妹妹的死，他不知道；关于他父亲的流浪，他不知道；同时他父亲也不知道他的流浪。

刘成下狱的第三个年头被释放出来，他依然是一个没有感情的人，他的脸色还是和从前一样：冷静、沉着。他内心从没有念及他父亲一次过。不是没念及，因为他有无数的父亲，一切受难者的父亲他都当作他的父亲，他一想到这些父亲，只有走向一条路，一条根本的路。

他明白他自己的感情，他有一个定义：热情一到用得着的时候，就非冷静不可，所以冷静是有用的热情。

这是他被释放的第三天了。看起来只是额际的皱纹算是入狱的痕迹，别的没有两样。当他在农村和农民们谈话的时候，比从前似乎更有力，更坚决，他的手高举起来又落下去，这大概是表示压榨的意思；也有时把手从低处用着猛力抬到高处，这大概是表示不受压迫的意思。

每个字从他的嘴里跳出来，就和石子一样坚实并且钢硬，这石子也一个一个投进农民的脑袋里，也是永久不化的石子。

坐在马棚旁边开着衣纽的老农妇，她发出从没有这样愉快的笑，她触了她的男人李福一下，用着例外的声音边说边笑：

“我做了一辈子牛马，哈哈！那时候可该做人了，我做牛马做够了！”

老农妇在说末尾这句话时，也许她是想起了生在农村最痛苦的事。她顿时脸色都跟着不笑了，冷落下去。

别的人都大笑一阵，带着奚落的意思大笑，妇人们借着机会似的向老农妇奚落去：

“老婆婆从来是规矩的，笑话我们年轻多嘴，老婆婆这是为了什么呢？”

过了一段时间，安静下去。刘成还是把手一举一落地说下去，马在马棚里吃草的声音，夹杂着鼻子声在响，其余都在安静里浸沉着。只有刘成的谈话，沉重的字眼连绵地从他齿间往外挤。不知什么话把农民们击打着了，男人们在抹眼睛，女人们却响着鼻子，和在马棚里吃草的马一样。

人们散去了，院子里的蚊虫四下地飞，结团地飞，天空有圆圆的月，这是一个夏天的夜，这是刘成出狱三天在乡村的第一夜。

## 三

刘成当夜是住在农妇王大婶的家里。王大婶的男人和刘成谈着话，桌上的油灯暗得昏黄，坐在炕沿他们说着，不绝地在说，直到王大婶的男人说出这样的话来，最后才停止：

“啊！刘成这个名字，东村住着的孤独老人，常提到这个名字，你可认识他吗？”

刘成他不回答，也不问下去，只是眼光和不会转弯的箭一样，对准什么东西似的在放射，在一分钟内他的脸色变了又变！

王大婶抱着孩子，在考察刘成的脸色，她在下断语：

“一定是他爹爹，我听老人坐在树荫常提到这个名字，并且每当他提到的时候，他是伤着心。”

王大婶男人的袖子在摇振，院心蚊虫群给他冲散了。圆月在天空随着他跑。他跑向一家房脊弯曲的草房去，在没有纸的窗棂上敲打，急剧地敲打。睡在月光里整个东村的夜被他惊醒了，睡在篱笆下的狗和鸡雀在吵叫。

老人睡在上炕的一端，把自己的帽子包着破鞋当作枕头，身下铺着的是一条麻袋。满炕是干稻草，这就是老人的财产，其余什么都不属于他的。他照顾自己，保护自己。月光映满了窗棂，人的枕头上，胡须上……

睡在上炕的另一端也是一个老人，他俩是同一阶级。因为他也是枕着破鞋睡，他们在朦胧的月影中，直和两捆干草或是两个粪堆一样。他们睡着，在梦中他们的灵魂是彼此地看守着。窗棂上残破的窗纸在作响。

其中的一个老人的神经被敲打醒了。他坐起来，抖擞着他满身的月光，抖擞着满身的窗棂格影。他不睁眼睛，把胡须抬得高高地盲目地问：

“什么勾当？”

“刘成不是你的儿吗？他今夜住在我家。”老人听了这话，他的胡须在蹀躞。三年前离家的儿子，在眼前飞转。他心里生了无数的蝴蝶，白色的，翻着金色闪着光的翅膀在空中飘飞着！此刻，凡是在他耳边的空气，都变成大的小的音波，他能看见这音波，又能听见这音波，平日不会动的村庄和草堆，现在都在活动。沿着旁边的大树，他在梦中走着，向着王大婶的家里，向着他儿子的方向走。老人像一个要会见妈妈的小孩子一样，被一种感情追逐在大路上跑，但他不是孩子。他蹀躞着胡须，他的腿笨重，他有满脸的皱纹。

老人又联想到女儿死的事情，工厂怎样的不给抚恤金，他怎样的飘流到乡间，乡间更艰苦，他想到饿和冻的滋味。他需要躺在他妈妈怀里哭诉。可是他是去会见儿子。

老人像拾得意外的东西，珍珠似的东西，一种极度的欢欣使他恐惧。他体验着惊险，走在去会见他儿子的路上。

王大婶的男人在老人旁边走，看着自家的短墙处有个人的影像。模糊不清。走近一点，只见那里有人在摆手。再走近点，知道是王大婶在那里摆手。

老人追着他希望的梦，抬起他兴奋的腿，一心要去会见儿子；其余的什么，他都不能觉察。王大婶的男人跑了几步，王大婶对他皱竖着眼眉低声慌张地说：

“那个人走了，抢着走了！”

老人还是追着他的梦向前走，向王大婶的篱笆走，老人带着一颗充血的心来会见他的儿子。

## 四

刘成抢着走了。还不待他父亲走来，他先跑了。他父亲充了血的心给他摔碎了！他是一个野兽，是一条狼，一条没有心肠的狼。

刘成不管他父亲，他怕他父亲，为的是把整个的心，整个的身体献给众人。他没有家，什么也没有。他为着农人、工人，为着这样的阶级而下过狱。

## 五

半年过后，大领袖被捕的消息传来了。也就是刘成被捕的消息传来了，乡间也传来了。那是一个初春正月的早晨，乡村里的土场上，小孩子们群集着，天空里飘起颜色鲜明的风筝来，三个，五个，近处飘着大的风筝，远处飘着小的风筝，孩子们在拍手，在笑。老人——刘成的父亲也在土场上依着拐杖同孩子们看风筝，就是这个时候消息传来了。

刘成被捕的消息传到老人的耳边了……

# 第三章

# 一生向往

兵士站起来，拴上他的洋瓷碗，油亮的发着光的嘴唇点燃着一支香烟，那有点胖的手骨节凹着小坑的手，又在整理着他的背包。黑色的裤子，灰色的上衣衣襟上涂着油迹和灰尘。但他脸上的表情是开展的，愉快的，平坦和希望的，他讲话的声音并不高朗，温和而宽弛，就像他在草原上生长起来的一样。

# 黄　河

悲壮的黄土层茫茫地顺着黄河的北岸延展下去，河水在辽远的转弯的地方完全是银白色，而在近处，它们则扭绞着旋卷着和鱼鳞一样。帆船，那么奇怪的帆船！简直和蝴蝶的翅子一样；在边沿上，一条白的，一条蓝的，再一条灰色的，而后也许全帆是白的。也许全帆是灰色的或蓝色的，这些帆船一只排着一只，它们的行走特别迟缓，看去就像停止了一样。除非天空的太阳，就再没有比这些镶着花边的帆更明朗的了，更能够炫惑人的感官的了。

载客的船也从这边继续地出发，大的，小的；还有载着货物的，载着马匹的，还有些响着铃子的，呼叫着的，乱翻着绳索的。等两只船在河心相遇的时候，水手们用着过高的喉咙，他们说些个普通话：太阳大不大，风紧不紧，或者说水流急不急，但也有时用过高的声音彼此约定下谁先行，谁后行。总之，他们都是用着最响亮的声音，这不是为了必要，是对于黄河他们在实行着一种约束。或者对于河水起着不能控制的心情，而过高地提拔着自己。

在潼关下边，在黄土层上垒荡着的城围下边，孩子们和妇人用着和狗尾巴差不多的小得可怜的笤帚，在扫着军队的运输队撒留下来稀零的、被人纷争着的、滚在平平的河滩上的几粒豆粒或麦稞。河的对面，就像孩子们的玩具似的，在层层叠叠生着绒毛似的黄土层上爬着一串微黑色的小火车。小火车，平和地，又急喘地吐着白汽，仿佛一队受了伤的小母猪样地在摇摇摆摆地走着。车上同猪印子一样打上两个淡褐色的字印：“同蒲。”

黄河的惟一的特征，就是它是黄土的流；而不是水的流。照在河面上的阳光，反射的也不强烈。船是四方形的，如同在泥土上滑行，所以运行地迟滞是有理由的。

早晨，太阳也许带着风沙，也许带着晴朗来到潼关的上空，它抚摸遍了那广大的土层，它在那终年昏迷着的静止在风沙里边的土层上，用晴朗给摊上一种透明和纱一样的光彩，又好像月光在八月里照在森林上一样，起着远古的、悠久的、永不能够磨灭的悲哀的雾障。在夹对的黄土床中流走的河水相同，它是偷渡着敌军的关口，所以昼夜地匆忙，不停地和泥沙争斗着。年年月月，日日夜夜，时时刻刻，到后来它自己本身就绞进泥沙去了。河里只见了泥沙，所以常常被诅咒成泥河呀！野蛮的河，可怕的河，簇卷着而来的河，它会卷走一切生命的河，这河本身就是一个不幸。

现在是上午，太阳还与人的视线取着平视的角度，河面上是没有雾的，只有劳动和争渡。

正月完了，发酥的冰排流下来，互相击撞着，也像船似的，一片一片的。可是船上又似堆着雪，是堆起来的面袋子，白色的洋面。从这边河岸运转到那边河岸上去。

阎胡子的船，正上满了肥顶的袋子，预备开船了。

可是他又犯了他的老毛病，提着砂做的酒壶去打酒去了。他不放心别的撑篙的给他打酒，因为他们常常在半路矜持不住，空嘴白舌，就仰起脖儿呷了一口，或者把钱吞下一点儿去喝碗羊汤，不足的分量，用水来补足。阎胡子只消用舌头板一压，就会发现这些年轻人们的花头来的，所以这回是他自己去打酒。

水手们备好了纤绳，备好了篙子，便盘起膝盖坐下来等。

凡是水手，没有不愿意靠岸的，不管是海航或是河航。但是，凡是水手，也就没有一个愿意等人的。

因为是阎胡子的船，非等不可。

“尿臊桶，喝尿臊，一等等到罗锅腰！”一个小伙子直挺挺地靠在桅杆上立着，说完了话，便光着脊背向下溜，直到坐在船板上，咧开大嘴在笑着。

忽然，一个人，满头大汗的，背着个小包，也没打招呼，踏上了五寸宽那条小踏板，过跳上船来了。

“下去，下去！上水船，不让客！”

“老乡……”

“下去，下去，上水船，不让客！”

“让一让吧，我帮着你们打船。”

“这可不是打野鸭子呀，下去！”水手看看上来的是一个灰色的兵。

“老乡……”

“是，老乡，上水船，吃力气，这黄河又不同别的河……撑篙一下去就是一身汗。”

“老乡们！我不是白坐船，当兵的还怕出力气吗！我是过河去赶队伍的。天太早，摆渡的船哪里有呢！老乡，我早早过河赶路的……”他说着，就在洋面袋子上靠着身子，那近乎圆形的脸还有一点发光，那过于长的头发，在帽子下面像是帽子被镶了一道黑边。

“八路军怎么单人出发的呢？”

“我是因为老婆死啦，误了几天……所以着急要快赶的！”

“哈哈！老婆死啦还上前线。”于是许多笑声跳跃在绳索和撑篙之间。

水手们因为趣味的关系，互相的高声地骂着。同时准备着张帆，准备着脱离开河岸，把这兵士似乎是忘记了，也似乎允许了他的过渡。

“这老头子打酒在酒店里睡了一觉啦……你看他那个才睡醒的样子……腿好

像是给石头绊住啦……”

“不对。你说得不对，石头就挂在他的脚跟上。”

那老头子的小酒壶像一块镜子，或是一片蛤蜊壳，闪烁在他的胸前。微微有点温暖的阳光，和黄河上常有缭乱而没有方向的风丝，在他的周围裹荡。于是他混着沙上的头发，跳荡得和干草似的失去了光彩。

“往上放吧！”

这是黄河上专有的名词，若想横渡，必得先上行，而后下行。因为河水没有正路的缘故。

阎胡子的脚板一踏上船身，那种安适、把握，丝毫其他的欲望可使他不宁静的，可能都不能够捉住他的，他只发了和号令似的这么一句话，而后笑纹就自由地在他皱纹不大多的眼角边流展开来，而后他走下航室去。那是一个黑黑的小屋，在船尾的舱里，里面像供着什么神位，一个小龛子前有两条红色的小对联。

“往上放吧！”

这声音，因为河上的冰排格凌凌地作响的反应，显得特别粗壮和苍老。

“这船上有坐闲船的，老阎，你没看见？”

“那得让他下去，多出一分力量可不是闹着玩的……他在哪地方？他在哪地方？”

那灰色的兵士，他向着阳光微笑：

“在这里，在这里……”他手中拿着撑船的长篙站在船头上。

“去，去去……”阎胡子从舱里伸出一只手来，“去去去……快下去……快下去……你是官兵，是保卫国家的，可是这河上也不是没有兵船。”

阎胡子是山东人，十多年以前。因为黄河涨大水逃到关东，又逃到山西的。所以山东人的火性和粗鲁，还在他身上常常出现。

“你是哪个军队上的？”

“我是八路的。”

“八路的兵，是单个出发的吗？”

“我的老婆生病，她死啦……我是过河去赶队伍的。”

“唔！”阎胡子的小酒壶还捏在左手上。

“那么你是山西的游击队啦……是不是？”阎胡子把酒壶放下了。

在那士兵安然地回答着的时候，那船板上完全流动着笑声，并且分不清楚那笑声是恶意的还是善意的。

“老婆死啦还打仗！这年头……”

阎胡子走上船板来：

“你们，你们这些东西！七嘴八舌头，赶快开船吧！”他亲手把一只面粉口袋抬起来，他说那放的不是地方，“你们可不知道，这面粉本来三十斤，因为放的不是地方，它会让你费上六十斤的力量。”他把手遮在额前，向着东方照了一下：

“天不早啦，该开船啦。”

于是撑起花色的帆来。那帆像翡翠鸟的翅子，像蓝蝴蝶的翅子。

水流和绳子似的在撑篙之间扭绞着。在船板上来回跑着的水手们，把汗珠被风扫成碎沫而掠着河面。

阎胡子的船和别的运着军粮的船遥远地相距着，尾巴似的这只孤船，系在那排成队的十几只船的最后。

黄河的上层是那么原始的，单纯的，干枯的，完全缺乏光彩站在两岸。正和阎胡子那没有光彩的胡子一样，上层是被河水、风沙和年代所造成，而阎胡子那没有光彩的胡子，则是受这风沙的迷漫的缘故。

“你是八路的……可是你的部队在山西的哪一方面？俺家就在山西。”

“老乡，听你说话是山东口音。过来多少年啦？”

“没多少年，十几年……俺家那边就是游击队保卫着……都是八路的，都是八路的……”阎胡子把棕色的酒杯在嘴唇上湿润了一下，嘴唇不断地发着光。他的喝酒，像是并没有走进喉咙去，完全和一种形式一样，但是他不断地浸染着他的嘴唇。那嘴唇在说话的时候，好像两块小锡片在跳动着：

“都是八路的……俺家那方面都是八路的……”

他的胡子和春天快要脱落的牛毛似的疏散和松放。他的红得近乎赭色的脸像是用泥土塑成的，又像是在窑里边被烧炼过，显着结实，坚硬。阎胡子像是已经变成了陶器。

“八路上的……”他招呼着那兵士，“你放下那撑篙吧，我看你不会撑，白费力气……这边来坐坐，喝一碗茶……”方才他说过的那些去去去……现在变成来来来了，“你来吧，这河的水性特别，与众不同，……你是白费气力，多你一个人坐船不算嘛！”

船行到了河心，冰排从上边流下来的声音好像古琴在骚闹着似的。阎胡子坐在舱里佛龛旁边，舵柄虽然拿在他的手中，而他留意的并不是这河上的买卖，而是“家”的回念。直到水手们提醒他船已走上了急流，他才把他关于家的谈话放下。但是没多久，又零零乱乱地继续下去……

“赵城，赵城俺住了八年啦！你说那地方要紧不要紧？去年冬天太原下来之后，说是临汾也不行了……赵城也更不行啦……说是非到风陵渡不可　这时候……就有赵城的老乡去当兵的……还有一个邻居姓王的。那小伙子跟着八路军游击队去当伙夫去啦……八路军不就是你们这一路的吗？……那小伙子我还见着他来的呢！胳臂上挂着‘八路’两个字。后来又听说他也跟着出发到别的地方去了呢！……可是你说……赵城要紧不要紧？俺倒没有别的牵挂，就是俺那孩子大小，带他到河上来吧，他又太小，不能做什么……跟他娘在家里吧……又怕日本兵来到杀了他。这过河逃难的整天有，俺这船就是载面粉过来，再载难民回去……看看那哭哭啼啼的老的、小的……真是除了去当兵，干什么都没心思！”

“老乡！在赵城你算是安家立业的人啦，那么也一定有二亩地啦？”兵士面前的杯子在冒热气。

“哪能说到房子和地，跑了这些年还是穷跑腿……所好的是没有把老婆和孩子跑去。”

“那么山东还有双亲吗？”

“哪里有啦？都给黄河水卷去啦！”阎胡子擦了一下自己的胡子，把他旁边的酒杯放在酒壶口上，他对着舱口说：

“你见过黄河的大水吗？那是民国几年……那就铺天盖地地来了！白亮亮的，哗哗的……和野牛那么叫着……山东的黄河可不比这潼关……几百里，几十里一漫平。黄河一到潼关就没气力啦……看这山……这大土崖子……就是妄想铺天盖地又怎能……可是山东就不行啦！……你家是哪里？你到过山东？”

“我没到过，我家就是山西……洪洞……”

“家里还有什么人？咱两家是不远的……喝茶，喝茶……呵……呵……”老头子为着高兴大声地向河水吐了一口痰。

“我这回要赶的部队就在赵城……洪洞的家业也搬过河来了……”

“你去的就是赵城，好！那么……”他从舵柄探出船外的那个孔道出去……河简直就是黄色的泥浆，滚着，翻着……绞绕着……舵就在着浊流上打击着。

“好！那么……”他站起来摇着舵柄，船就快靠岸了。

这一次渡河，阎胡子觉得渡得太快。他擦一擦眼睛，看一看对面的土层，是否来到了河岸。

“好，那么……”他想让那兵士给他的家带一个信回去，但又觉得没有什么可说的。

他们走下船来，沿着河身旁的沙地向着太阳的方向进发，无数多的光的反刺，击撞着阎胡子古铜色的脸面。他的宽大的近乎方形的脚掌，把沙滩印着一些圆圆洼陷。

“你说赵城可不要紧？我本想让你带一个回信去……等到饭馆喝两盅，咱二人谈说谈说……”

风陵渡车站附近，层层转转的是一些板棚或席棚，里边冒着气，响着勺子，还有一种油香夹杂着一种咸味在那地方缭绕着。一盘炒豆腐，一壶四两酒，蹲在阎胡子的桌面上。

“你要吃什么，你只管吃……俺在这河上多少总比你们当兵的多赚两个，你只管吃……来一碗片汤，再加半斤锅饼……先吃着，不够再来……”

风沙的卷荡在太阳高了起来的时候，是要加甚的。席棚子像有笤帚在扫着似的，嚓嚓的在凸出凹进地响着。

阎胡子的话，和一串珠子似的咯啦咯啦地被玩弄着，大风只在席棚子间旋转，并没有把阎胡子的故事给穿着。

“……黄河的大水一来到俺山东那地方，就像几十万大军已经到了……连小孩子夜晚吵着不睡的时候，你若说‘来大水啦！’他就安静一刻。用大水吓唬孩子，就像用老虎一样使他们害怕。在一个黑沉沉的夜里，大水可真的来啦；爹和娘站在房顶上，爹说‘……怕不要紧，我活四十多岁，大水也来过几次，并没有卷去什么’，……第一声我听着叫的是猪，许是那猪快到要命的时候啦，哽哽的……以后就是狗，狗跳到柴堆上……在那上头叫着……再以后就是鸡……它们那些东西乱飞着……柴堆上，墙头上，狗栏子上……反正看不见，都听得见的……别人家的也是一样，还有孩子哭，大人骂。只有鸭子，那一夜到天明也没有休息一会儿，比平常不涨大水的时候还高兴……鸭子不怕大水，狗也不怕，可是狗到第二天就瘦啦，……也不愿睁眼睛啦……鸭子可不一样，胖啦！新鲜啦！……呱呱的叫声更大了！可是爹爹那天晚上就死啦；娘也许是第二天死的……”

阎胡子从席棚通过了那在锅底上乱响着的炒菜的勺子而看到黄河上去。

“这边，这河并不凶。”他喝了一盅酒，筷子在辣椒酱的小碟里点了一下，他脸上的筋肉好像棕色的浮雕，经过了陶器的创作那么坚硬，那么没有变动。

“小孩子的时候，就听人家说，离开这河远一点吧！去跑关东吧（即东三省）！一直到第二次的大水……那时候，我已经二十六岁……也成了家……听人说，关东是块富地，俺山东人跑关东的年年有，俺就带着老婆跑到关东去……关东俺有三间房，两三亩地……关东又变成了‘满洲国’。赵城俺本有一个叔叔，打一封信给俺，他说那边，日本人慢慢地都想法子把中国人治死，还说先治死这些穷人。依着我就不怕，可是俺老婆说俺们还有孩子啦，因此就跑到俺叔叔这里来，俺叔叔做个小买卖，俺就在叔叔家帮着照料照料……慢慢地活转几个钱，租两亩地种种……俺还有个儿，俺儿一年一年的，眼看着长成人啦！这几个钱没有活转着，俺叔要回山东，把小买卖也收拾啦，剩下俺一个人，这心里头可就转了圈子……山西原来和山东一样，人们也只有跑关东……要想在此地谋个生活，就好比苍蝇落在针尖上，俺山东人体性粗，这山西人体性慢……干啥事干不惯……”

“俺想，赵城可还离火线两三百里，许是不要紧……”他问着兵士，“咱中国的局面怎么样？听说日本人要夺风陵渡……俺在山西没有别的东西，就是这一只破船……”

兵士站起来，挂上他的洋瓷碗，油亮的发着光的嘴唇点燃着一支香烟，那有点胖的手骨节凹着小坑的手，又在整理着他的背包。黑色的裤子，灰色的上衣衣襟上涂着油迹和灰尘。但他脸上的表情是开展的，愉快的，平坦和希望的，他讲话的声音并不高朗，温和而宽弛，就像他在草原上生长起来的一样：

“我要赶路的，老乡！要给你家带个信吗？”

“带个信……”阎胡子感到一阵忙乱，这忙乱是从他的心底出发的。带什么呢？这河上没有什么可告诉的。“带一个口信说……”好像这饭铺炒菜的勺子又搅乱了他，“你坐下等一等，俺想一想……”

他的头垂在他的一只手上，好像已经成熟了的转茎莲垂下头来一样，席棚子被风吸着，凹进凸出的好像一大张海蜇漂在海面上。勺子声，菜刀声，被洗着的碗的声音，前前后后响着鞭子声。小驴车，马车和骡子车、拖拖搭搭地载着军火或食粮来往着。车轮带起来的飞沙并不狂猖，而那狂猖，是跟着黄河而来的，在空中它漫卷着太阳和蓝天，在地面它则漫卷着沙尘和黄土，漫卷着所有黄河地带生长着的一切，以及死亡的一切。

潼关，背着太阳的方向站着，因为上层起伏高下，看起来，那是微黑的一大群，像是烟雾停止了，又像黑云下降，又像一大群兽类堆集着蹲伏下来。那些巨兽，并没有毛皮，并没有面貌，只像是读了埃及大沙漠的故事之后，偶尔出现在夏夜的梦中的一个可怕的记忆。

风陵渡侧面向着太阳站着，所以上层的颜色有些微黄，及有些发灰，总之有一种相同在病中那种苍白的感觉，看上去，干涩，无光，无论如何不能把它制伏的那种念头，会立刻压住了你。

站在长城上会使人感到一种恐惧，那恐惧是人类历史的血流又鼓荡起来了！而站在黄河边上所起的并不是恐惧，而是对人类的一种默泣，对于病痛和荒凉永远的诅咒。

同蒲路的火车，好像几匹还没有睡醒的小蛇似的慢慢地来了一串，又慢慢地去了一串。那兵士站起来向阎胡子说：

“我就要赶火车去，……你慢慢地喝吧……再会啦……”

阎胡子把酒杯又倒满了，他看着杯子底上有些泥土，他想，这应该倒掉而不应该喝下去。但当他说完了给他带一个家信，就说他在这河上还好的时候，他忘记了那杯酒是不想喝的也就走下喉咙去了。同时他赶快撕了一块锅饼放在嘴里，喉咙像是有什么东西在胀塞着，有些发痛。于是，他就抚弄着那块锅饼上突起的花纹，那花纹是画的“八卦”。他还识出了哪是“乾卦”，哪是“坤卦”。

奔向同蒲站的兵士，听到背后有呼唤他的声音：

“站住……站住……”

他回头看时，那老头儿好像一只小熊似的奔在沙滩上：

“我问你，是不是中国这回打胜仗，老百姓就有好日子过啦？”

八路的兵士走回来，好像是沉思了一会儿，而后拍着那老头的肩膀：

“是的，我们这回必胜……老百姓一定有好日子过的。”

那兵士都模糊得像画面上的粗壮的小人一样了，可是阎胡子仍旧在沙滩上站着。

阎胡子的两脚深深地陷进沙滩去，那圆圆的旋涡埋没了他的两脚了。

# 朦胧的期待

一年之中三百六十日，

日日在愁苦之中，

还不如那田上的飞鸟，

还不如那山上的蚱虫。

李妈从那天晚上就唱着曲子，就是当她听说金立之也要出发到前方去之后。金立之是主人家的卫兵。这事可并没有人知道，或者那另外的一个卫兵有点知道，但也说不定是李妈自己的神经过敏。

“李妈！李妈……”

当太太的声音从黑黑的树荫下面传来时，李妈就应着回答了两三声。因为她是性急爽快的人，从来是这样，现在仍是这样。可是当她刚一抬脚，为着身旁的一个小竹方凳，差一点没有跌倒。于是她感到自己是流汗了，耳朵热起来，眼前冒了一阵花。她想说：

“倒霉！倒霉！”她一看她旁边站着那个另外的卫兵，她就没有说。

等她从太太那边拿了两个茶杯回来，刚要放在水里边去洗，那姓王的卫兵把头偏着：

“李妈，别心慌，心慌什么，打碎了杯子。”

“你说心慌什么……”她来到嘴边上的话没有说，像是生气的样子，把两个杯子故意地使出叮当的响声来。

院心的草地上，太太和老爷的纸烟的火光，和一朵小花似的忽然开放得红了。忽然又收编得像一片在萎落下去的花片。萤火虫在树叶上闪飞，看起来就像凭空的毫没有依靠的被风吹着似的那么轻飘。

“今天晚上绝对不会来警报的……”太太的椅背向后靠着，看着天空。她不大相信这天阴得十分沉重，她想要寻找空中是否还留着一个星子。

“太太，警报不是多少日子夜里不来了吗？”李妈站在黑夜里，就像被消灭了一样。

“不对，这几天要来的，战事一过九江，武汉空袭就多起来……”

“太太，那么这仗要打到哪里？也打到湖北？”

“打到湖北是要打到湖北的，你没看见金立之都要到前方去了吗？”

“到大冶，太太，这大冶是什么地方？多远？”

“没多远，出铁的地方，金立之他们整个的特务连都到那边去。”

李妈又问：“特务连也打仗，也冲锋，就和别的兵一样？特务连不是在长官旁边保卫长官的吗？好比金立之不是保卫太太和老爷的吗？”

“紧急的时候，他们也打仗，和别的兵一样啊！你还没听金立之说在大场他也作战过吗？”

李妈又问：“到大冶是打仗去？”隔了一会儿她又说，“金立之就是作战去？”

“是的，打仗去，保卫我们的国家！”

太太没有十分回答她，她就在太太旁静静地站了一会儿，听着太太和老爷谈着她所不大理解的战局，又是田家镇……又是什么镇……

李妈离开了院心，经过有灯光的地方，她忽然感到自己是变大了，变得像和院子一般大，她自己觉得她自己已经赤裸裸地摆在人们的面前。又仿佛自己偷了什么东西被人发觉了一样，她慌忙地躲在了暗处。尤其是那个姓王的卫兵，正站在老爷的门厅旁边，手里拿着个牙刷，像是在刷牙。

“讨厌鬼，天黑了，刷的什么牙……”她在心里骂着，就走进厨房去。

一年之中三百六十日，
日日在愁苦之中，
还不如那山上的飞鸟，
还不如那田上的蚱虫。
还不如那山上的飞鸟，
还不如那田上的蚱虫……

李妈在饭锅旁边这样唱着，在水桶旁边这样唱着，在晒衣服的竹竿子旁边也是这样唱着。从她的粗手指骨节流下来的水滴，把她的裤腿和她的玉蓝麻布的上衣都印着圈子。在她的深红而微黑的嘴唇上闪着一点光，她像一只油亮的甲虫伏在那里。

刺玫树的阴影在太阳下边，好像用布剪的，用笔画出来的一样，爬在石阶前的砖柱上。而那葡萄藤，从架子上边倒垂下来的缠绕的枝梢，上面结着和纽扣一般大的微绿色和小琉璃似的圆葡萄，风来的时候，还有些颤抖。

李妈若是前些日子从这边走过，必得用手触一触它们，或者拿在手上，向她旁边的人招呼着：

“要吃得啦……多快呀！长得多快呀！……”

可是现在她就像没有看见它们，来往地拿着竹竿子经过的时候，她不经意地把竹竿子撞了葡萄藤，那浮浮沉沉的摇着的叶子，虽是李妈已经走过，而那阴影还在地上摇了多时。

李妈的忧郁的声音，不但从曲子声发出，就是从勺子、盘子、碗的声音，也都知道李妈是忧郁了，因为这些家具一点也不响亮。往常那响亮的厨房，好像一座音乐室的光荣的日子，只落在回忆之中。

白嫩的豆芽菜，有的还带着很长的须子，她就连须子一同煎炒起来；油菜或是白菜，她把它带着水就放在锅底上，油炸着菜的声音就像水煮的一样。而后，浅浅的白色盘子的四边向外流着淡绿色的菜汤。

用围裙揩着汗，她在正对面她平日挂在墙上的那块镜子里边，反映着仿佛是受惊的，仿佛是生病的，仿佛是刚刚被幸福离弃了的年轻的山羊那样沉寂。

李妈才二十五岁，头发是黑的，皮肤是坚实的，心脏的跳动也和她的健康成和谐，她的鞋尖常常是破的，因为她走路永远来不及举平她的脚。门槛上，煤堆上，石阶的边沿上，她随时随地地畅快地踢着。而现在反映在镜子里的李妈，不是那个原来的李妈，而是另外的李妈了，黑了，沉重了，哑暗了。

把吃饭的家具摆齐之后，她就从桌子边退了去，她说："不大舒服，头痛。"

她面向着栅栏外的平静的湖水站着，而后荡着。已经爬上了架的倭瓜，在黄色的花上，有蜜蜂在带着粉的花瓣上来来去去。而湖上打成片的肥大的莲花叶子，每一张的中心顶着一个圆圆的水珠，这些水珠和水银的珠子似的向着太阳。淡绿色的莲花苞和挂着红嘴的莲花苞，从肥大的叶子旁边钻了出来。

湖边上，有人为着一点点家常的菜蔬除着草，房东的老仆人指着那边竹墙上冒着气一张排着一张的东西，向着李妈说：

"看吧！这些当兵的都是些可怜人，受了伤，自己不能动手，都是弟兄们在湖里给洗这东西。这大的毯子，不会洗净的。不信，过到那边去看看，又腥又有别的味……"

西边竹墙上晒军用毯，还有些草绿色的近乎黄色的军衣。李妈知道那是伤兵医院。从这几天起，她非常厌恶那医院，从医院走出来的用棍子当作腿的伤兵们，现在她一看见了就有些害怕。所以那老头儿指给她看的东西，她只假装着笑笑。隔着湖，在那边湖边上洗衣服的也是兵士，并且在石头上打着洗着的衣裳，发出沉重的水声来……“金立之裹腿上的带子，我不是没给他钉起吗？真是发昏了，他一会儿不是来取吗？”

等她取了针线又来到湖边，隔湖的马路上，正过着军队，唱着歌的混着灰尘的行列，金立之不就在那行列里边吗？李妈神经质的，自己也觉得这想头非常可笑。

这种流行的军歌，李妈都会唱，尤其是那句：“中华民族到了最危险的时候……”她每唱到这一句，她就学着军人的步伐走了几步。她非常喜欢这个歌，因为金立之喜欢。

可是今天她厌恶他们，她把头低下去，用眼角去看他们，而那歌声，就像黄昏时成团在空气中飞的小虫子似的，使她不能躲避。

“李妈……李妈。”姓王的卫兵喊着她，她假装没有听到。

“李妈！金立之来了。”

李妈相信这是骗她的话，她走到院心的草地上去，呆呆地站在那里。王卫兵和太太都看着她：

“李妈没有吃饭吗？”

她手里卷着一半裹腿，她的嘴唇发黑，她的眼睛和钉子一样的坚实，不知道钉在她面前的什么。而另外的一半裹腿，比草的颜色稍微黄一点，长长地拖在地上，拖在李妈的脚下。

金立之晚上八点多钟来的。红的领章上又多一颗金花，原来是两个，现在是三个。在太太的房里，为若他出发到前方去，太太赏给他一杯柠檬茶。

“我不吃这茶，我只到这里……我只回来看一下。连长和我一同到街上买连里用的东西。我不吃这茶……连长在八点一刻来看老爷的。”他灵敏地看一下袖口的表，“现在八点，连长一来，我就得同连长一同归连……”

接着，他就谈些个他出发到前方，到什么地方，做什么职务，特务连的连长是怎样一个好人，又是带兵多么真诚……太太和他热诚地谈着。李妈在旁边又拿太太的纸烟给金立之，她说：

“现在你来是客人了，抽一支吧！”

她又跑去把裹腿拿来，摆在桌子上，又拿在手里又打开，又卷起来……在地板上，她几乎不能停稳，就像有风的水池里走着的一张叶子。

他为什么还不来到厨房里呢？李妈故意先退出来，站在门槛旁边咳嗽了两声，而后又大声和那个卫兵讲着连她自己也不知道是什么意思的话。她看金立之仍不出来，她又走进房去，她说：

“三个金花了，等从前方回来，大概要五个金花了。金立之今天也换了新衣裳，这衣裳也是新发的吗？”

金立之说：“新发的。”

李妈要的并不是这样的回答。李妈说：

“现在八点五分了，太太的表准吗？”

太太只向着表看了一下，点一点头，金立之仍旧没有注意。

“这次，我们打仗全是为了国家，连长说，宁做战死鬼，勿做亡国奴，我们为了妻子、家庭、儿女，我们必须抗战到底。……”

金立之站得笔直在和太太讲话。

趁着这工夫，她从太太房子里溜了出来，下了台阶，转了一个弯，她就出了小门，她去买两包烟送给他。听说，战壕里烟最宝贵。她在小巷里一边跑着，一边想着她所要说的话：“你若回来的时候，可以先找到老爷的官厅，就一定能找到我。太太走到哪里，说一定带着我走。”再告诉他：“回来的时候，你可不能忘了我，要做个有良心的人，可不能够高升忘了我……”

她在黑黑的巷子里跑着，她并不知道自己是在发烧，她想起来到夜里就越热了，真是湖北的讨厌的天气，她的背脊完全浸在潮湿里面。

“还得把这块钱给他，我留着这个有什么用呢！下月的工钱又是五元。可是上前线去的，钱是有数的……”她隔着衣裳捏着口袋里一元钱的票子。

等李妈回来，金立之的影子都早消失在小巷里了，她站在小巷里喊着：

“金立之……金立之……”

远近都没有回声，她的声音还不如落在山涧里边还能得到一个空虚的反响。

和几年前的事情一样，那就是九江的家乡，她送一个年轻的当红军的走了，他说他当完了红军回来娶她，他说那时一切就都好了。临走时还送给她一匹印花布，过去她在家里看到那印花布，她就要啼哭。现在她又送走这个特务连的兵士走了，他说抗战胜利了回来娶她，他说那时一切就都好了。

还得告诉他：“把我的工钱，都留着将来安排我们的家。”

但是，金立之已经走远了。想是连长已经来了，他归连了。

等她拿着纸烟，想起这最末的一句话的时候，她的背脊被凉风拍着，好像浸在凉水里一样。因为她站定了，她停止了。热度离开了她，跳跃和翻腾的情绪离开了她。徘徊，鼓荡着的要破裂的那一刻的人生，只是一刻把其余的人生都带走了。人在静止的时候常常冷的。所以，她不期地打了个机灵的冷战。

李妈回头看一看那黑黑的院子，她不想再走进去，可是在她前面的那黑黑的小巷子，招引着她的更没有方向。

她终归是转回身来，在那显着一点苍白的铺砖的小路上，她摸索着回来了，房间里的灯光和窗帘子的颜色，单调得就像飘在空中的一块布和闪在空中的一道光线。

李妈打开了女仆的房门，坐在她自己的床头上。她觉得虫子今夜都没有叫过，空的，什么都是不着边际的，电灯是无缘无故地悬着，床铺是无缘无故地放着，窗子和门也是无缘无故地设着……总之，一切都没有理由存在，也没有理由消灭……

李妈最末想起来的那一句话，她不愿意反复，可是她又反复了一遍：

“把我的工钱，都留着将来安排我们的家。”

李妈早早地休息了，这是第一次，在全院子的女仆休息之前她是第一次睡得这样早，两盒红锡包香烟就睡在她枕头的旁边。

湖边上战士们的歌声，虽然是已经黄昏以后，有时候隐约地还可以听到。

夜里，她梦见金立之从前线上回来了。“我回来安家了，从今我们一切都好了。”他打胜了。

而且金立之的头发还和从前一样的黑。

他说：“我们一定得胜利的，我们为什么不胜利呢，没道理！”

李妈在梦中很温顺地笑了。

# 狂野的呼喊

风撒欢了。

在旷野，在远方，在看也看不见的地方，在听也听不清的地方，人声，狗叫声，嘈嘈杂杂地喧哗了起来，屋顶的草被拔脱，墙囤头上的泥土在翻花，狗毛在起着一个一个的圆穴，鸡和鸭子们被刮得要站也站不住。平常喂鸡撒在地上的谷粒，那金黄的，闪亮的，好像黄金的小粒，一个跟着一个被大风扫向墙根去，而后又被扫了回来，又被扫到房檐根下。而后混着不知从什么地方飘来的从未见过的大树叶，混同着和高粱粒一般大的四方的或多棱的沙土，混同着刚被大风拔落下来的红的、黑的、杂色的鸡毛，还混同着破布片，还混同着唰啦唰啦的高粱叶，还混同着灰倭瓜色的豆秆，豆秆上零乱乱地挂着豆粒已经脱掉了空敞的豆荚。一些红纸片，那是过新年时门前粘贴的红对联——“三阳开泰”“四喜临门”——或是“出门见喜”的条子，也都被大风撕得一条一条的，一块一块的。这一些干燥的、毫没有水分的拉杂的一堆，唰啦啦、呼哩哩在人间任意地扫着。刷着豆油的平滑得和小鼓似的乡下人家的纸窗，一阵一阵地被沙粒击打着，发出铃铃的铜声来。而后，鸡毛或纸片，飞得离开地面更高。若遇着毛草或树枝，就把它们障碍住了，于是房檐上站着鸡毛，鸡毛随着风东摆一下，西摆一下，又被风从四面裹着，站得完全笔直，好像大森林里边用野草插的标记。而那些零乱的纸片，刮在远椽头上时，却呜呜地它也赋着生命似的叫喊。

陈公公一推开房门，刚把头探出来，他的帽子就被大风卷跑了，在那光滑的被大风完全扫干净了的门前平场上滚着，滚得像一个小西瓜，像一个小车轮，而最像一个小风车。陈公公追着它的时候，它还扑扑拉拉地不让陈公公追上它。

“这刮的是什么风啊！这还叫风了吗！简直他妈的……”

陈公公的儿子，出去已经两天了，第三天就是这刮大风的天气。

“这小子到底是干什么去了啦？纳闷……这事真纳闷……”于是又带着沉吟和失望的口气，“纳闷！”

陈公公跑到瓜田上才抓住了他的帽子，帽耳朵上滚着不少的草末。他站在垄陌上，顺着风用手拍着那四个耳朵的帽子，而拍也拍不掉的是桑子的小刺球，他必须把它们打掉，这是多么讨厌啊！手触去时，完全把手刺痛。看起来又像小虫子，一个一个地钉在那帽檐上。

“这小子到底是干什么去啦！”帽子已经戴在头上，前边的帽耳，完全探伸在大风里，遮盖了他的眼睛。他向前走时，他的头好像公鸡的头向前探着，那顽强挣扎着的样子，就像他要钻进大风里去似的。

“这小子到底……他妈的……”这话是从昨天晚上他就不停止地反复着。他抓掉了刚才在腿上摔着帽子时刺在裤子上的桑子，把它们在风里丢了下去。

“他真随了义勇队了吗？纳闷！明年一开春，就是这时候，就要给他娶妇了，若今年收成好，上秋也可以娶过来呀！当了义勇队，打日本……哎哎，总是年轻人哪，……”当他看到村头庙堂的大旗杆，仍旧挺直地站在大风里的时候，他就向着旗杆的方向骂了一句，“小鬼子……”而后他把全身的筋肉抖擞一下。他所想的，他觉得都是使他生气，尤其是那旗杆，因为插着一对旗杆的庙堂，驻着新近才开来的日本兵。

“你看这村子还像一个样子了吗？”大风已经遮掩了他嘟嘟着的嘴。他看见左边有一堆柴草，是日本兵征发去的。右边又是一堆柴草。而前村，一直到村子边上，一排一排地堆着柴草。这柴草也都是征发给日本兵的。大风刮着它们，飞起来的草末，就和打谷子扬场的时候一样，每个草堆在大风里边变成了一个一个的土堆似的在冒着烟。陈公公向前冲着时，有一团谷草好像整捆地滚在他的脚前，障碍了他。他用了全身的力量，想要把那谷草踢得远一点，然而实在不能够做到。因为风的方向和那谷草滚来的方向是一致的，而他就正和它们相反。

“这是一块石头吗？真没见过！这是什么年头，……一捆谷草比他妈一块石头还硬！”

他还想要骂一些别的话，就是关于日本子的。他一抬头看见两匹大马和一匹小白马从西边跑来。几乎不能看清那两匹大马是棕色的或是黑色的，只好像那马的周围裹着一团烟跑来，又加上陈公公的眼睛不能够抵抗那紧逼着他而刮来的风。按着帽子，他招呼着：

“站住……嘞……嘞……”他用舌尖，不，用了整个的舌头打着嘟噜。而这种唤马的声音只有他自己能够听到，他把声音完全灌进他自己的嘴。把舌头在嘴里边整理一下，让它完全露在大风里，准是没有拴住。还没等他再发出嘞嘞的唤马声，那马已经跑到他的前边。他想要把它们拦住而抓住它，当他一伸手。他就把手缩回来，他看见马身上盖着的圆的日本军营里的火印。

“这哪是客人的马呀！这明明是他妈……”

陈公公的胡子挂上了几颗谷草叶，他一边掠着它们就打开了房门。

“听不见吧？不见得就是……”

陈姑妈的话就像落在一大锅开水里的微小的冰块，立刻就被消融了。因为一打开房门，大风和海潮似的，立刻喷了进来烟尘和吼叫的一团，陈姑妈像被扑灭了似的。她的话陈公公没有听到。非常危险，陈公公挤进门来，差一点没有撞在她身上，原来陈姑妈的手上拿着一把切菜刀。

“是不是什么也听不见？风太大啦，前河套听说可有那么一伙，那还是前些日子……西寨子，西水泡子，我看那地方也不能没有，那边都是柳条通……一人多高，刚开春还说不定没有，若到夏天，青纱帐起的时候，那就是好地方啊……”陈姑妈把正在切着的一根胡萝卜放在菜墩上。

“啰啰唆唆地叨叨些个什么！你就切你的菜吧！你的好儿子你就别提啦。”

陈姑妈从昨天晚上就知道陈公公开始不耐烦。关于儿子没有回来这件事，把他们的家都像通通变更了。好像房子忽然透了洞，好像水瓶忽然漏了水，好像太阳也不从东边出来，好像月亮也不从西边落。陈姑妈还勉勉强强地像是照常在过着日子，而陈公公在她看来，那完全是可怕的。儿子走了两夜，第一夜还算安静静地过来了，第二夜忽然就可怕起来。他通夜坐着，抽着烟，拉着衣襟，用笤帚扫着行李，扫着四耳帽子，扫着炕沿。上半夜嘴里任意叨叨着，随便想起什么来就说什么，说到他儿子的左腿上生下来时就有一块青痣：

“你忘了吗？老娘婆（即产婆）不是说过，这孩子要好好看着他，腿上有病，是主走星照命……可就真忍心走下去啦！……他也不想想，留下他爹他娘，又是这年头，出外有个好歹的，干那勾当，若是犯在人家手里，那还……那还说什么呢！就连他爹也逃不出法网……义勇队，义勇队，好汉子是要干的，可是他也得想想爹和娘啊！爹娘就你一个……”

上半夜他一直叨叨着，使陈姑妈也不能睡觉。下半夜他就开始一句话也不说，忽然他像变成了哑子，同时也变成了聋子似的。从清早起来，他就不说一句话。陈姑妈问他早饭煮点高粱粥吃吧，可是连一个字的回答，也没有从他嘴里吐出来。他扎好腰带，拿起帽子就走了。大概是在外边转了一圈又回来了。那工夫，陈姑妈在刷一个锅都没有刷完，她一边淘着刷锅水，一边又问一声：

“早晨就吃高粱米粥好不好呢？”

他没有回答她，两次他都并没听见的样子。第三次，她就不敢问了。

晚饭又吃什么呢？又这么大的风。她想还是先把萝卜丝切出来，烧汤也好，炒着吃也好。一向她做饭，是做三个人吃的，现在要做两个人吃的。只少了一个人，连下米也不知道下多少。那一点米。在盆底上，洗起来简直是拿不上手来。

“那孩子，真能吃，一顿饭三四碗……可不嘛，二十多岁的大小伙子是正能吃的时候……”

她用饭勺子搅了一下那剩在瓦盆里的早晨的高粱米粥。高粱米粥，凝了一个明光光的大泡。饭勺子在上面触破了它，它还发出有弹性的触在猪皮冻上似的响声：“稀饭就是这样，剩下来的扔了又可惜，吃吧，又不好吃，一热，就粥不是粥了，饭也不是饭……”

她想要决定这个问题，勺子就在小瓦盆边上沉吟了两下。她好像思想家似的，很困难地感到她的思维方法全不够用。

陈公公又跑出去了，随着打开的门扇扑进来的风尘，又遮盖了陈姑妈。

他们的儿子前天一出去就没回来，不是当了土匪，就是当了义勇军，也许是就当了义勇军，陈公公记得清清楚楚的，那孩子从去年冬天就说做棉裤要做厚一点，还让他的母亲把四耳帽子换上两块新皮子。他说：

“要干，拍拍屁股就去干，弄得利利索索的。”

陈公公就为着这话问过他：

“你要干什么呢？”

当时，他只反问他父亲一句没有结论的话，可是陈公公听了儿子的话，只答应两声：“唉！唉！”也是同样的没有结论。

“爹！你想想要干什么去！”儿子说的只是这一句。

陈公公在房檐下扑着一颗打在他脸上的鸡毛，他顺手就把它扔在风里边。看起来那鸡毛简直是被风夺走的，并不像他把它丢开的。因它一离开手边，要想抓也抓不住，要想看也看不见，好像它早已决定了方向就等着奔去的样子。

陈公公正在想着儿子那句话，他的鼻子上又打来了第二颗鸡毛，说不定是一团狗毛他只觉得毛茸茸的，他就用手把它扑掉了。他又接着想，同时望着西方，他把脚跟抬起来，把全身的力量都站在他的脚尖上。假若有太阳，他就像孩子似的看着太阳是怎样落山的。假若有晚霞，他就像孩子似的踮起脚尖来，要看到晚霞后面究竟还有什么。而现在西方和东方一样，南方和北方也都一样，混混溶溶的，黄的色素遮迷过眼睛所能看到的旷野，除非有山或者有海会把这大风遮住，不然它就永远要没有止境地刮过去似的。无论清早，无论晌午和黄昏，无论有天河横在天上的夜，无论过年或过节，无论春夏和秋冬。

现在大风像在洗刷着什么似的，房顶没有麻雀飞在上面，大田上看不见一个人影，大道上也断绝了车马和行人。而人家的烟囱里更没有一家冒着烟的，一切都被大风吹干了。这活的村庄变成了刚刚被掘出土地的化石村庄了。一切活动着的都停止了，一切响叫着的都哑默了，一切歌唱着的都在叹息了，一切发光的都变成混浊的了，一切颜色都变成没有颜色了。

陈姑妈抵抗着大风的威胁，抵抗着儿子跑了的恐怖，又抵抗着陈公公为着儿子跑走的焦烦。

她坐在条凳上，手里折着经过一个冬天还未十分干的柳条枝，折起四五节来。她就放在她面前临时生起的火堆里，火堆为着刚刚丢进去的树枝随时起着爆炸，黑烟充满着全屋，好像暴雨快要来临时天空的黑云似的。这黑烟和黑云不一样，它十分会刺激人的鼻子、眼睛和喉咙……

“加小心哪！离灶火腔远一点啊……大风会从灶火门把柴火抽进去的……”

陈公公一边说着，一边拿起树枝来也折几棵。

“我看晚上就吃点面片汤吧……连汤带饭的，省事。”

这话在陈姑妈，就好像小孩子刚一学说话时，先把每个字在心里想了好几遍，而说时又把每个字用心考虑着。她怕又像早饭时一样，问他，他不回答，吃高粱米粥时，他又吃不下去。

“什么都行，你快做吧，吃了好让我也出去走一趟。”

陈姑妈一听说让她快做，拿起瓦盆来就放在炕沿上，小面口袋里只剩一碗多面，通通搅和在瓦盆底上。

“这不太少了吗？……反正多少就这些，不够吃，我就不吃。”她想。

陈公公一会儿跑进来，一会儿跑出去，只要他的眼睛看了她一下，她总觉得就要问她：

“还没做好吗？还没做好吗？”

她越怕他在她身边走来走去，他就越在她身边走来走去。燃烧着的柳条吡啦吡啦地发出水声来，她赶快放下手里在撕着的面片，抓起扫地笤帚来扇着火，锅里的汤连响边都不响边，汤水丝毫没有滚动声，她非常着急。

“好啦吧？好啦就快端来吃……天不早啦……吃完啦我也许出去绕一圈……”

“好啦，好啦！用不了一袋烟的工夫就好啦……”

她打开锅盖吹着气看看，那面片和死的小白鱼似的，一动也不动地漂在水皮上。

“好啦就端来呀！吃啊！”

“好啦……好啦……”

陈姑妈答应着，又开开锅盖，虽然汤还不翻花，她又勉强地丢进几条面片去。并且尝一尝汤或咸或淡，铁勺子的边刚一贴到嘴唇……”

“哟哟！”汤里还忘记了放油。

陈姑妈有两个油罐，一个装豆油，一个装棉花籽油，两个油罐永远并排地摆在碗橱最下的一层，怎么会弄错呢！一年一年的这样摆着，没有弄错过一次。但现在这错误不能挽回了，已经把点灯的棉花籽油洒在汤锅里了，虽然还没有散开，用勺子是掏不起来的。勺子一触上就把油圈触破了，立刻就成无数的小油圈。假若用手去抓，也不见得会抓起来。

“好啦就吃啊！”

“好啦，好啦！”她非常害怕，自己也不知道她回答的声音特别响亮。

她一边吃着，一边留心陈公公的眼睛。

“要加点汤吗？还是要加点面……”

她只怕陈公公亲手去盛面，而盛了满碗的棉花籽油来。要她盛时，她可以用嘴吹跑了浮在水皮上的棉花籽油，尽量去盛底上的。

一放下饭碗，陈公公就往外跑。开房门，他想起来他还没戴帽子：

“我的帽子呢？”

“这儿呢，这儿呢。”

其实她真的没有看见他的帽子，过于担心了的缘故，顺口答应了他。

陈公公吃完了棉花籽油的面片汤，出来一见到风，感到非常凉爽。他用脚尖站着，他望着西方并不是他知道他的儿子在西方或是要从西方来，而是西方有一条大路可以通到城里。

旷野，远方，大平原上，看也看不见的地方，听也听不清的地方，狗叫声、人声、风声、土地声、山林声，一切喧哗，一切好像落在火焰里的那种暴乱，在黄昏的晚霞之后，完全停息了。

西方平静得连地面都有被什么割据去了的感觉，而东方也是一样。好像刚刚被大旋风扫过的柴栏，又好像被暴雨洗刷过的庭院，狂乱的和暴躁的完全停息了。停息得那么断然，像是在远方并没有发生过什么事情。今天的夜，和昨天的夜完全一样，仍旧能够焕发着黄昏以前的记忆的，一点也没有留存。地平线远处或近处完全和昨夜一样平坦地展放着，天河的繁星仍旧和小银片似的成群地从东北方到西南方去。地面和昨夜一样地哑默，而天河和昨夜一样地繁华。一切完全和昨夜一样。

豆油灯照例是先从前村点起，而后是中间的那个村子，而再后是最末的那个村子。前村最大，中间的村子不太大，而最末的一个最不大。这三个村子好像祖父、父亲和儿子，他们一个牵着一个地站在平原上。冬天落雪的天气，这三个村子就一齐变白了。而后用笤帚打扫出一条小道来，前村的人经过后村的时候，必须说一声：

“好大的雪呀！”

后村的人走过中村时，也必须对于这大雪问候一声，这雪是烟雪或棉花雪，或清雪。

春天雁来的晌午，他们这三个村子就一齐听着雁鸣，秋天乌鸦经过天空的早晨，这三个村子也一齐看着遮天的黑色的大雁。

陈姑妈住在最后的村子边上，她的门前一棵树也没有。一头牛，一匹马，一条狗或是几只猪，这些地都没有养，只有一对红公鸡在鸡架上蹲着，或是在房前寻食小虫或米粒，那火红的鸡冠子迎着太阳向左摆一下，向右荡一下，而后闭着眼睛用一只腿站在房前或柴堆上，那实在是一对小红鹤。而现在它们早就钻进鸡架去，和昨夜一样也早就睡着了。

陈姑妈的灯碗子也不是最末一个点起，也不是最先一个点起。陈姑妈记得，在一年之中，她没有点几次灯，灯碗完全被蛛丝蒙盖着，灯芯落到灯碗里了，尚未用完的一点灯油混了尘土都黏在灯碗上。

陈姑妈站在锅台上，把摆在灶王爷板上的灯碗取下来，用剪刀的尖端搅着灯碗底，那一点点棉花籽油虽然变得糨糊一样，但是仍旧发着一点油光，又加上一点新从罐子倒出来的棉花籽油，小灯于是噼噼啦啦地站在炕沿上了。

陈姑妈在烧香之前，先洗了手。平日很少用过的家制的肥皂，今天她存心多擦一些，冬天因为风吹而麻皮了的手一开春就横横竖竖地裂着满手的小口，相同冬天里被冻裂的大地。虽然春风昼夜地吹击，想要弥补了这缺隙，不但没有弥补上，反而更把它们吹得深隐而裸露了。陈姑妈又用原来那块过年时写对联剩下的红纸把肥皂包好。肥皂因为被空气的消蚀，还落了白花花的碱末儿在陈姑妈的大襟上，她用笤帚扫掉了那些。又从梳头匣子摸出黑乎乎的一面玻璃砖镜子来，她一照那镜子，她的脸就在镜子里被切成横横竖竖的许多方格子。那块镜子在十多年前被打碎了以后，就缠上四五尺长的红头绳，现在仍旧是那块镜子。她想要照一照碎头发丝是否还垂在额前，结果什么也没有看见，只恍恍惚惚地她还认识镜子里边的确是她自己的脸。她记得近几年来镜子就不常用，只有在过新年的时候，四月十八上庙会的时候，再就是前村娶媳妇或是丧事，她才把镜子拿出来照照，所以那红头绳若不是她自己还记得，谁看了敢说原先那红头绳是红的？因为发霉和油腻得使手触上去时感到了是触到胶上似的。陈姑妈连更远一点的集会也没有参加过，所以她养成了习惯，怕过河，怕下坡路，怕经过树林，更怕的还有坟场，尤其是坟场里枭鸟的叫声，无论白天或夜里，什么时候听，她就什么时候害怕。

陈姑妈洗完了手，扣好了小铜盒在柜底下。她在灶王爷板上的香炉里，插了三炷香。接着她就跪下去，向着那三个并排的小红火点叩了三个头。她想要念一段“上香头”，因为那经文并没有全记住，她想若不念了成套的，那更是对神的不敬，更是没有诚心。于是胸扣着紧紧的一双掌心，她虔诚地跪着。

灶王爷不晓得知不知道陈姑妈的儿子到底哪里去了，只在香火后边静静地坐着。蛛丝混着油烟，从新年他和灶王奶奶并排地被糨糊贴在一张木板上那一天起，就无间断地蒙在他的脸上。大概什么也看不着了，虽然陈姑妈的眼睛为着儿子就要挂下眼泪来。

外边的风一停下来，空气宁静得连针尖都不敢触上去。充满着人们的感觉的都是极脆弱而又极完整的东西。村庄又恢复了它原来的生命。脱落了草的房脊静静地在那里躺着。几乎被拔走了的小树垂着头在休息。鸭子呱呱地在叫，相同喜欢大笑的人遇到了一起。白狗、黄狗、黑花狗……也许两只平日一见到非咬架不可的狗，风一静下来，它们都前村后村地跑在一起。完全是一个平静的夜晚，远处传来的人声，清澈得使人疑心从山涧里发出来的。

陈公公在窗外来回地踱走，他的思想系在他儿子的身上，仿佛让他把思想系在一颗陨星上一样。陨星将要沉落到哪里去，谁知道呢？

陈姑妈因为过度的虔诚而感动了她自己，她觉得自己的眼睛是湿了。让孩子从自己手里长到二十岁，是多么不容易！而最酸心的，不知是什么无缘无故地把孩子夺了去。她跪在灶王爷前边回想着她的一生，过去的她觉得就是那样了。人一过了五十，只等着往六十上数。还未到的岁数，她一想，还不是就要来了吗？这不是眼前就开头了吗？她想要问一问灶王爷，她的儿子还能回来不能！因为这烧香的仪式过于感动了她，她只觉得背上有点寒冷，眼睛有点发花。她一连用手背揩了三次眼睛，可是仍旧不能看见香炉碗里的三炷香火。

她站起来，到柜盖上去取火柴盒时，她才想起来，那香是隔年的，因为潮湿而灭了。

陈姑妈又站上锅台去，打算把香重新点起。因为她不常站在高处，多少还有点害怕。正这时候，房门忽然打开了。

陈姑妈受着惊，几乎从锅台上跌下来。回头一看，她说：

“哟哟！”

陈公公的儿子回来了，身上背着一对野鸡。

一对野鸡，当他往炕上一摔的时候，他的大笑和翻滚的开水咔啦咔啦似的开始了，又加上水缸和窗纸都被震动着，所以他的声音还带着回声似的，和冬天从雪地上传来的打猎人的笑声一样，但这并不是他今天特别出奇的笑，他笑的习惯就是这样。从小孩子时候起，在蚕豆花和豌豆花之间，他和会叫的大鸟似的叫着。他从会走路的那天起，就跟陈公公跑在瓜田上，他的眼睛真的明亮得和瓜田里的黄花似的，他的腿因为刚学着走路，常常担不起那嗞嗞啦啦的瓜身的缠绕，跌倒是他每天的功课。而他不哭也不呻吟，假若擦破了膝盖的皮肤而流了血，那血简直不是他的一样。他只是跑着，笑着，同时嚷嚷着。若全身不穿衣裳，只戴一个蓝麻花布的兜肚，那就像野鸭子跑在瓜田上了，东颠西摇的，同时嚷着和笑着。并且这孩子一生下来陈姑妈就说：

“好大嗓门！长大了还不是个吹鼓手的角色！”

对于这初来的生命，不知道怎样去喜欢他才好，往往用被人蔑视的行业或形容词来形容。这孩子的哭声实在大，老娘婆想说：

“真是一张好锣鼓！”

可是他又不是女孩，男孩是不准骂他锣鼓的，被骂了破锣之类，传说上不会起家……

今天他一进门就照着他的习惯大笑起来，若让邻居听了，一定不会奇怪。若让他的舅母或姑母听了，也一定不会奇怪。她们都要说：

“这孩子就是这样长大的呀！”

但是做父亲和做母亲的反而奇怪起来。他笑得在陈公公的眼里简直和黄昏之前大风似的，不能够控制，无法控制，简直是一种多余，是一种浪费。

“这不是疯子吗……这……这……”

这是第一次陈姑妈对儿子起的坏的联想。本来她想说：

“我的孩子啊！你可跑到哪儿去了呢！你……你可把你爹……”

她对她的儿子起了反感。他那么坦荡荡的笑声，就像他并没有离开过家一样。但是母亲心里想：

“他是偷着跑的呀！”

父亲站到红躺箱的旁边，离开儿子五六步远，脊背靠在红躺箱上。那红躺箱还是随着陈姑妈陪嫁来的，现在不能分清是红的还是黑的了。正像现在不能分清陈姑妈的头发是白的还是黑的一样。

陈公公和生客似的站在那里。陈姑妈也和生客一样。只有儿子才像这家的主人，他活跃的、夸张的、漠视了别的一切。他用嘴吹着野鸡身上的花毛，用手指尖扫着野鸡尾巴上的漂亮的长翎。

“这东西最容易打，钻头不顾腚……若一开枪，它就插猛子……这俩都是这么打住的。爹！你不记得吗！我还是小的时候，你领我一块去拜年去……那不是，那不是……”他又笑起来，“那不是吗！就用砖头打住一个——趁它把头插进雪堆去。”

陈公公的反感一直没有减消，所以他对于那一对野鸡就像没看见一样，虽然他平常是那么喜欢吃野鸡。鸡丁炒芥菜缨，鸡块炖土豆。但是他并不向前一步，去触触那花的毛翎。

“这小子到底是去干的什么？”

在那棉花籽油还是燃着的时候，陈公公只是向着自己在反复：

“你到底跑出去干什么去了呢？”

陈公公第一句问了他的儿子，是在小油灯噼噼啦啦地灭了之后。他静静地把腰伸开，使整个的背脊接近了火炕的温热的感觉。他充满着庄严而胆小的情绪等待儿子的回答。他最怕的是儿子说出他加入了义勇队，而又怕他儿子不向他说老实话。所以已经来到喉咙的咳嗽也被他压下去了，他抑制着可能抑制的从他自己发出的任何声音。三天以来的苦闷的急躁，陈公公觉得一辈子只有过这一次。也许还有过，不过那都提起来远了，忘记了。就是这三天，他觉得比活了半辈子还长。平常他就怕他早死，因为早死，使他不得兴家立业，不得看见他的儿孙的繁荣。而这三天，他想还是算了吧！活着大概是没啥指望。

关于儿子加入义勇队没有，对于陈公公是一种新的生命，比儿子加入了义勇队的新的生命的价格更高。

儿子回答他的，偏偏是欺骗了他。

“爹，我不是打回一对野鸡来吗！跟前村的栾二小子一块……跑出去一百多里……”

“打猎哪有这样打的呢！一跑就是一百多里……”陈公公的眼睛注视着纸窗微黑的窗棂。脱离他嘴唇的声音并不是这句话，而是轻微的和将要熄灭的灯火那样无力叹息。

春天的夜里，静穆得带着温暖的气息，尤其是当柔软的月光照在窗子上，使人的感觉像是看见了鹅毛在空中游着似的，又像刚刚睡醒，由于温暖而眼睛所起的惰懒的金花在腾起。

陈公公想要证明儿子非加入了义勇队不可的，一想到“义勇队”这三个字，他就想到“小日本”那三个字。

“××××××××××××××××××，××××。”一想到这个，他就怕再想下去，再想下去，就是小日本枪毙义勇队。所以赶快把思想集中在纸窗上，他无用处地计算着纸窗被窗棂所隔开的方块到底有多少。两次他都数到第七块上就被“义勇队”这三个字撞进脑子来而搅混了。

睡在他旁边的儿子，和他完全是隔离的灵魂。陈公公转了一个身，在转身时他看到儿子在微光里边所反映的蜡黄的脸面和他长拖拖的身子。只有儿子那瘦高的身子和挺直的鼻梁还和自己一样。其余的，陈公公觉得完全都变了。只有三天的工夫，儿子和他完全两样了。两样得就像儿子根本没有和他一块生活过，根本他就不认识他，还不如一个刚来的生客。因为对一个刚来的生客最多也不过生疏，而绝没有忌妒。对儿子，他却忽然存在了忌妒的感情。秘密一对谁隐藏了，谁就忌妒；而秘密又是最自私的，非隐藏不可。

陈公公的儿子没有去打猎，没有加入义勇队。那一对野鸡是用了三天的工钱在松花江的北沿铁道旁买的。他给日本人修了三天铁道。对于工钱，还是他省下来第一次拿过。他没有做过佣工，没有做过零散的铲地的工人，没有做过帮忙的工人。他的父亲差不多半生都是给人家看守瓜田。他随着父亲从夏天就开始住在三角形的爪窝堡里。爪窝堡夏天是在绿色的瓜花里边，秋天则和西瓜或香瓜在一块了。夏天一开始，所有的西瓜和香瓜的花完全开了，这些花并不完全每个都结果子，有些个是谎花。这谎花只有谎骗人，一两天就蔫落了。这谎花要随时摘掉的。他问父亲说：

“这谎花为什么要摘掉呢？”

父亲只说：

“摘掉吧！它没有用处。”

长大了他才知道，谎花若不摘掉，后来越开越多。那时候他不知道。但也同父亲一样把谎花一朵一朵地摘落在垄沟里。小时候他就在父亲给人家管理的那块瓜田上，长大了仍旧是在父亲给人家管理的瓜田上。他从来没有直接给人家佣工，工钱从没有落过他的手上，这修铁道是第一次。况且他又不是专为着修铁道拿工钱而来的，所以三天的工钱就买了一对野鸡。第一，可以使父亲喜欢；第二，可以借着野鸡撒一套谎。

现在他安安然然地睡着了，他以为父亲对他的谎话完全信任了。他给日本人修铁道，预备偷着拔出铁道钉子来，弄翻了火车这个企图，他仍是秘密的。在梦中他也像看见了日本兵的子弹车和食品车。

“这虽然不是当义勇军，可是干的事情不也是对着小日本吗？洋酒、盒子肉（罐头），我是没看见，只有听说，说上次让他们弄翻了车，就是义勇军派人弄的。东西不是通通被义勇军得去了吗……他妈的……就不说吃，用脚踢着玩吧，也开心。”

他翻了一个身，他擦一擦手掌。白天他是这样想的，夜里他也就这样想着就睡了。他擦着手掌的时候，可觉得手掌与平常有点不一样，有点僵硬和发热。两只胳膊仍旧抬着铁轨似的有点发酸。

陈公公张着嘴，他怕呼吸从鼻孔进出，他怕一切声音，他怕听到他自己的呼吸。偏偏他的鼻子有点窒塞。每当他吸进一口气来，就像有风的天气，纸窗破了一个洞似的，呜呜地在叫。虽然那声音很小，只有留心才能听到。但到底是讨厌的，所以陈公公张着嘴预备着睡觉。他的右边是陈姑妈，左边是不知从哪里弄来一对野鸡的莫名其妙的儿子。

棉花籽油灯熄灭后，灯芯继续发散出煳香的气味。陈公公偶尔从鼻子吸了一口气时，他就嗅到那灯芯的气味。因为他讨厌那气味，并不觉得是煳香的，而觉得是辣酥酥的引他咳嗽的气味。所以他不能不张着嘴呼吸。好像他讨厌那油烟，反而大口地吞着那油烟一样。

第二天，他的儿子照着前回的例子，又是没有声响地就走了。这次他去了五天，比第一次多了两天。

陈公公应付着他自己的痛苦，是非常沉着的。他向陈姑妈说：

“这也是命啊……命里当然……”

春天的黄昏，照常存在着那种静穆得就像浮腾起来的感觉。陈姑妈的一对红公鸡，又像一对小红鹤似的用一条腿在房前站住了。

“这不是命是什么！算命打卦的，说这孩子不能得他的济……你看，不信是不行呵，我就一次没有信过。可是不信又怎样，要落到头上的事情，就非落上不可。”

黄昏的时候，陈姑妈在檐下整理着豆秆，凡是豆荚里还存在一粒或两粒豆子的，她就一粒不能跑过的把那豆粒留下。她右手拿着豆秆，左手摘下豆粒来，摘下来的豆粒被她丢进身旁的小瓦盆去，每颗豆子都在小瓦盆里跳了几下。陈姑妈左手里的豆秆也就丢在一边了。越堆越高起来的豆秆堆，超过了陈姑妈坐在地上的高度，必须到黄昏之后，那豆粒滚在地上找不着的时候，陈姑妈才把豆秆抱进屋去。明天早晨，这豆秆就在灶门口里边变成红乎乎的火。陈姑妈围绕着火，好像六月里的太阳围绕着菜园。谁最热烈呢？陈姑妈呢！还是火呢！这个分不清了。火是红的，可是陈姑妈的脸也是红的。正像六月太阳是金黄的，六月的菜花也是金黄的一样。

春天的黄昏是短的，并不因为人们喜欢而拉长，和其余三个季节的黄昏一般长。养猪的人家喂一喂猪，放马的人家饮一饮马……若是什么也不做，只是抽一袋烟的工夫，陈公公就是什么也没有做，拿着他的烟袋站在房檐底下。黄昏一过去，陈公公变成一个长拖拖的影子，好像一个黑色的长柱支持着房檐。

他的身子的高度，超出了这一连排三个村子所有的男人。只有他的儿子，说不定在这一两年中要超过他的。现在儿子和他完全一般高，走进门的时候，儿子担心着父亲，怕父亲碰了头顶。父亲担心着儿子，怕是儿子无止境地高起来，进门时，就要顶在门梁上。其实不会的。因为父亲心里特别喜欢儿子也长了那么高的身子而常常说相反的话。

陈公公一进房门，帽子撞在上门梁上，上门梁把帽子擦歪了。这是从来也没有过的事情。一辈子就这么高，一辈子也总戴着帽子。因此立刻又想起来儿子那么高的身子，而现在完全无用了。高有什么用呢？现在是他自己任意出去瞎跑，陈公公的悲哀，他自己觉得完全是因为儿子长大了的缘故。

“人小，胆子也小；人大，胆子也大……”

所以当他看到陈姑妈的小瓦盆里泡了水的黄豆粒，一夜就裂嘴了，两夜芽子就长过豆粒子，他心里就恨那豆芽，他说：

“新的长过老的了，老的就完蛋了。”

陈姑妈并不知道这话什么意思，她一边梳着头一边答应着：

“可不是么……人也是这样……个人家的孩子，撒手就跟老子一般高了。”

第七天上，儿子又回来了，这回并不带着野鸡，而带着一条号码：三百八十一号。

陈公公从这一天起可再不说什么“老的完蛋了”这一类话。

有几次儿子刚一放下饭碗，他就说：

“擦擦汗就去吧！”

更可笑的他有的时候还说：

“扒拉扒拉饭粒就去吧！”

这本是对三岁五岁的小孩子说的，因为不大会用筷子，弄了满嘴的饭粒的缘故。

别人若问他：

“你儿子呢？”

他就说：

“人家修铁道去啦……”

他的儿子修了铁道，他自己就像在修着铁道一样。是凡来到他家的：卖豆腐的，卖馒头的，收买猪毛的，收买碎铜烂铁的，就连走在前村子边上的不知道哪个村子的小猪倌有一天问他。

“大叔，你儿子听说修了铁道吗？”

陈公公一听，立刻向小猪倌摆着手。

“你站住……你停一下……你等一等，你别忙，你好好听着！人家修了铁道啦……是真的。连号单都有：三百八十一。”

他本来打算还要说，有许多事情必得见人就说，而且要说就说得详细。关于儿子修铁道这件事情，是属于见人就说而要说得详细这一种的。他想要说给小猪倌的，正像他要说给早晨担着担子来到他门口收买碎铜烂铁那个一只眼的一样多。可是小猪倌走过去了，手里打着个小破鞭子。陈公公心里不大愉快。他顺口说了一句：

“你看你那鞭子吧，没有了鞭梢，你还打呢！”

走了好远了，陈公公才听明白，放猪的那孩子唱的正是他在修着铁道的儿子的号码“三百八十一”。

陈公公是一个和善的人，对于一个孩子他不会多生气。不过他觉得孩子终归是孩子。不长成大人，能懂得什么呢？他说给那收买碎铜烂铁的，说给卖豆腐的，他们都好好听着，而且问来问去。他们真是关于铁道的一点常识也没有。陈公公和那卖豆腐的差不多，等他一问到连陈公公也不大晓得的地方，陈公公就笑起来，用手拔下一棵前些日子被大风吹散下来的房檐的草梢：

“哪儿知道呢！当修铁道的回来讲给咱们听吧！”

比方那卖豆腐的问：

“我说那火车就在铁道上，一天走了千八百里也不停下来喘一口气！真是了不得呀……陈大叔，你说，也就不喘一口气？”

陈公公就大笑着说：

“等修铁道的回来再说吧！”

这问得多么详细呀！多么难以回答呀！因为陈公公也是连火车见也没见过。但是越问得详细，陈公公就越喜欢，他的道理是：

“人非长成人不可，不成人……小孩子有什么用……小孩子一切没有计算！”于是陈公公觉得自己的儿子幸好已经二十多岁；不然，就好比这修铁道的事情吧，若不是他自己主意，若不是他自己偷着跑去的，这样的事情，一天五角多钱，怎么能有他的份呢？

陈公公也不一定怎样爱钱，只要儿子没有加入义勇军，他就放心了。不但没有加入义勇军反而拿钱回来，几次他一见到儿子放在他手里的崭新的纸票，他立刻想到三百八十一号。再一想，又一定想到那天大风停了的晚上，儿子背回来的那一对野鸡。再一想，就是儿子会偷着跑出去，这是多么有主意的事啊。这孩子从小没有离开过他的爹妈。可是这下子他跑了，虽然说是跑得把人吓一跳。可到底跑得对。没有出过门的孩子，就像没有出过飞的麻雀，没有出过洞的耗子。等一出来啦，飞得比大雀还快。

到四月十八，陈姑妈在庙会上所烧的香比哪一年烧的都多。娘娘庙烧了三大子线香，老爷庙也是三大子线香。同时买了些毫无用处的只是看着玩的一些东西。她竟买起假脸来，这是多少年没有买过的啦！她屈着手指一算，已经是十八九年了。儿子四岁那年她给他买过一次。以后再没买过。

陈姑妈从儿子修了铁道以后，表面上没有什么改变，她并不和陈公公一样，好像这小房已经装不下他似的，见人就告诉儿子修了铁道。她刚刚相反，一句话也不说，只是围绕着她的又多了些东西。在柴栏子旁边除了鸡架，又多了个猪栏子，里面养着一对小黑猪。陈姑妈什么都喜欢一对，就因为现在养的小花狗只有一个而没有一对的那件事，使她一休息下来，小狗一在她的腿上擦着时，她就说：

“可惜这小花狗就不能再要到一个。一对也有个伴啊！单个总是孤单单的。”

陈姑妈已经买了一个透明的化学品的肥皂盒。买了一把新剪刀，她每次用那剪刀，都忘不了用手摸摸剪刀。她想：这孩子什么都出息，买东西也会买，是真钢的。六角钱，价钱也好。陈姑妈的东西已经增添了许多，但是那还要不断地增添下去。因为儿子修铁道每天五角多钱。陈姑妈新添的东西，不是儿子给她买的，就是儿子给她钱她自己买的。从心说她是喜欢儿子买给她东西，可是有时当着东西从儿子的手上接过来时，她却说：

“别再买给你妈这个那个的啦……会赚钱可别学着会花钱……”

陈姑妈的梳子镜子也换了。并不是说那个旧的已经扔掉，而是说新的锃亮的已经站在红躺箱上了。陈姑妈一擦箱盖，擦到镜子旁边，她就发现了一个新的小天地一样。那镜子实在比旧的明亮到不可计算那些倍。

陈公公也说过。

“这镜子简直像个小天河。”

儿子为什么刚一跑出去修铁道，要说谎呢？为什么要说是去打猎呢？关于这个，儿子解释了几回。他说修铁道这事，怕父亲不愿意，他也没有打算久干这事，三天两日的，干干试试。长了，怎么能不告诉父亲呢。可是陈公公放下饭碗说：

“这都不要紧，这都不要紧……到时候了吧？咱们家也没有钟，擦擦汗去吧！”到后来，他对儿子竟催促了起来。

陈公公讨厌的大风又来了，从房顶上，从枯树上来的，从瓜田上来的，从西南大道上来的，而这些都不对，说不定是从哪儿来。浩浩荡荡的，滚滚旋旋的，使一切都吼叫起来，而那些吼叫又淹灭在大风里。大风包括着种种声音，好像大海包括着海星、海草一样。谁能够先看到海星、海草而还没看到大海？

谁能够先听到因大风而起的这个那个的吼叫而还没有听到大风？天空好像一张土黄色的大牛皮，被大风鼓着、荡着、撕着、扯着，来回地拉着。从大地卷起来的一切干燥的、拉杂的、零乱的，都向天空扑去，而后再落下来，落到安静的地方，落到可以避风的墙根，落到坑坑凹凹的不平的地方，而填满了那些不平。所以大地在大风里边被洗得干干净净的，平平坦坦的。而天空则完全相反，混沌了，冒烟了，刮黄天了，天地刚好吹倒转了个儿。人站在那里就要把人吹跑，狗跑着就要把狗吹得站住，使向前的不能向前，使向后的不能退后。小猪在栏子里边不愿意哽叫。而它必须哽叫；孩子唤母亲的声音，母亲应该听到，而她必不能听到。

陈姑妈一推开房门，就被房门带跑出去了。她把门扇只推一个小缝，就不能控制那房门了。

陈公公说：

“那又算什么呢！不冒烟就不冒烟。拢火就用铁大勺下面片汤，连汤带菜的，吃着又热乎。”

陈姑妈又说：

“柴火也没抱进来，我只以为这风不会越刮越大……抱一抱柴火不等进屋，从怀里都被吹跑啦……”

陈公公说：

“我来抱。”

陈姑妈又说：

“水缸的水也没有了呀……”

陈公公说：

“我去挑，我去挑。”

讨厌的大风要拉去陈公公的帽子，要拔去陈公公的胡子。他从井沿挑到家里的水，被大风吹去了一半。两只水桶，每只剩了半桶水。

陈公公讨厌的大风，并不像那次儿子跑了没有回来的那次的那样讨厌。而今天最讨厌大风的像是陈姑妈。所以当陈姑妈发现了大风把屋脊抬起来了的时候，陈公公说：

“那算什么……你看我的……”

他说着就蹬着房檐下酱缸的边沿上了房。陈公公对大风十分有把握的样子，他从房檐走到房脊去是直着腰走。虽然中间被风压迫着弯过几次腰。

陈姑妈把砖头或石块传给陈公公。他用石头或砖头压着房脊上已经飞起来的草。他一边压着一边骂着。乡下人自言自语的习惯，陈公公也有：

“你早晚还不得走这条道嘛！你和我过不去，你偏要飞，飞吧！看你这几根草我就制服不了你……你看着，你他妈的，我若让你能够从我手里飞走一棵草刺也算你能耐。”

陈公公一直吵叫着，好像风越大，他的吵叫也越大。

住在前村卖豆腐的老李来了，因为是顶着风，老李跑了满身是汗。他喊着陈公公：

“你下来一会儿，我有点事，我告……告诉你。”

陈公公说：

“有什么要紧的事，你等一等吧，你看我这房子的房脊，都给大风吹靡啦！若不是我手脚勤俭，这房子住不得，刮风也怕，下雨也怕。”

陈公公得意地在房顶上故意地迟延了一会儿。他还说着：

“你先进屋去抽一袋烟……我就来，就来……”

卖豆腐的老李把嘴塞在袖口里，大风大得连呼吸都困难了。他在袖口里边招呼着：

“这是要紧的事，陈大叔……陈大叔你快下来吧……”

“什么要紧的事？还有房盖被大风抬走了的事要紧……”

“陈大叔，你下来，我有一句话说……”

“你要说就在那儿说吧！你总是火烧屁股似的……”

老李和陈姑妈走进屋去了。老李仍旧用袖口堵着嘴像在院子里说话一样。陈姑妈靠着炕沿听着李二小子被日本人抓去啦……”

“什么！什么！是么！是么！”陈姑妈的黑眼球向上翻着，要翻到眉毛里去似的。

“我就是来告诉这事……修铁道的抓了三百多……你们那孩子……”

“为着啥事抓的？”

“弄翻了日本人的火车罢了！”

陈公公一听说儿子被抓去了，当天的夜里就非向着西南大道上跑不可。那天的风是连夜刮着，前边是黑滚滚的，后边是黑滚滚的；远处是黑滚滚的，近处是黑滚滚的。分不出头上是天，脚下是地；分不出东南西北。陈公公打开了小钱柜，带了所有儿子修铁道赚来的钱。

就是这样黑滚滚的夜，陈公公离开了他的家，离开了他管理的瓜田，离开了他的小草房，离开了陈姑妈。他向着西南大道向着儿子的方向，他向着连他自己也辨不清的远方跑去，他好像发疯了，他的胡子，他的小袄，他的四耳帽子的耳朵，他都用手扯着它们。他好像一只野兽，大风要撕裂了他，他也要撕裂了大风。陈公公在前边跑着，陈姑妈在后面喊着：

“你回来吧！你回来吧！你没有了儿子，你不能活。你也跑了，剩下我一个人，我可怎么活……”

大风浩浩荡荡的，把陈姑妈的话卷走了，好像卷着一根茅草一样，不知卷向什么地方去了。

陈公公倒下来了。

第一次他倒下来，是倒在一棵大树的旁边。他第二次倒下来，是倒在什么也没有存在的空空敞敞、平平坦坦的地方。

现在是第三次，人实在不能再走了，他倒下了，倒在大道上。

他的膝盖流着血，有几处都擦破了肉，四耳帽子跑丢了。眼睛的周遭全是在翻花。全身都在痉挛、抖擞，血液停止了。鼻子流着清冷的鼻涕，眼睛流着眼泪，两腿转着筋，他的小袄被树枝撕破，裤子扯了半尺长一条大口子，尘土和风就都从这里向里灌，全身马上僵冷了。他狠命地一喘气，心窝一热，便倒下去了。

等他再重新爬起来，他仍旧向旷野里跑去。他凶狂地呼喊着。连他自己都不知道叫的是什么。风在四周捆绑着他，风在大道上毫无倦意地吹啸，树在摇摆，连根拔起来，摔在路旁。地平线在混沌里完全消融，风便做了一切的主宰。

# 北中国

## 一

一早晨起来就落着清雪。在一个灰色的大门洞里，有两个戴着大皮帽子的人，在那里响着大锯。

“扔，扔，扔，扔……”好像唱着歌似的，那白亮亮的大锯唱了一早晨了。

大门洞子里，架着一个木架，木架上边横着一个圆滚滚的大木头。那人木头有一尺多粗，五尺多长。两个人就把大锯放在这木头的身上，不一会儿工夫，这木头就被锯断了。先是从腰上锯开分做两段，再把那两段从中锯一道，好像小圆凳似的，有的在地上站着，有的在地上躺着。而后那木架上又被抬上来一条五尺多长的来，不一会儿工夫，就被分作两段，而后是被分作四段，从那木架上被推下去了。

同时离住宅不远，那里也有人在拉着大锯……城门外不远的地方就有一段树林，树林不是一片，而是一段树道，沿着大道的两旁长着。往年这夹树道的榆树，若有穷人偷剥了树皮，主人定要捉拿他，用绳子捆起来，用打马的鞭子打。活活的树，一剥就被剥死了。说是养了一百来年的大树，从祖宗那里继承下来的，哪好让它一旦死了呢！将来还要传给第二代、第三代儿孙，最好是永远留传下去，好来证明这门第的久远和光荣。

可是，今年却是这树林的主人自己发的号令，用大锯锯着。

那树因为年限久了，树根扎到土地里去特别深。伐树容易，拔根难。树被锯倒了，根只好留待明年春天再拔。

树上的喜鹊窝，新的旧的有许多。树一被伐倒，咔咔咔地响着，发出一种强烈的不能控制的响声；被北风冻干的树皮，触到地上立刻碎了，断了。喜鹊窝也就跟着坠到地上了，有的跌破了，有的则整个地滚下来，滚到雪地里去，就坐在那亮晶晶的雪上。

是凡跌碎了的，都是隔年的，或是好几年的；而有些新的，也许就是喜鹊在夏天自己建筑的，为着冬天来居住。这种新的窝是非常结实，虽然是已经跟着大树躺在地上了，但依旧是完好的，仍旧是待在树丫上。那窝里的鸟毛还很温暖的样子，被风呼呼地吹着。

## 二

往日这树林里，是禁止打鸟的；说是打鸟是杀生，是不应该的，也禁止孩子们破坏鸟窝，说是破坏鸟窝，是不道德的事情，使那鸟将没有家了。

但是现在连大树也倒下了。

这趟夹树道在城外站了不知多少年，好像有这地方就有这树似的，人们一出城门，就先看到这夹树道，已经看了不知多少年了。在感情上好像这地方必须就有这夹树道似的，现在一旦被砍伐了去，觉得一出城门，前边非常的荒凉，似乎总有一点东西不见了，总少了一点什么。虽然还没有完全砍完，那所剩的也没有几棵了。

一百多棵榆树，现在没有几棵了，看着也就全完了。所剩的只是些个木桩子，远看看不出是些个什么。总之，树是全没有了。只有十几棵，现在还在伐着，也就是一早一晚就要完的事了。

那在门洞子里两个拉锯的大皮帽子，一个说：

“依你看，大少爷还能回来不能？”

另一个说：

“我看哪……人说不定有没有了呢……”

其中的一个把大皮帽子摘下来，拍打着帽耳朵的白霜。另一个从腰上解下小烟袋来，准备要休息一刻了。

正这时候，上房的门咔咔地响着就开了，老管事的手里拿着一个上面贴有红绶的信封，从台阶上下来，怀怀疑疑的，把嘴唇咬着。

那两个拉锯的，刚要点起火来抽烟，一看这情景就知道大先生又在那里边闹了。于是连忙把烟袋从嘴上拿下来，一个说，另一个听着：

“你说大少爷可真的去打日本去了吗？……”

正在说着，老管事的就走上前来了，走进大门洞，坐在木架上，把信封拿着给他们两个细看。他们两个都不识字，老管事的也不识字。不过老管事的闭着眼睛也可以背得出来，因为这样的信，他的主人自从生了病的那天就写，一天或是两封三封，或是三封五封。他已经写了三个月了，因为他已经病了三个月了。

写得连家中的小孩子也都认识了。

所以老管事的把那信封头朝下、脚朝上地倒念着：

大中华民国抗日英雄

耿振华　吾儿收

父字

老管事的全念对了，只是中间写在红绶上的那一行，他只念了“耿振华收”，而丢掉了“吾儿”两个字。其中一个拉锯的，一听就听出来那是他念错了，连忙补添着说：

“耿振华吾儿收。”

他们三个都仔细地往那信封上看着，但都看不出“吾儿”两个字写在什么地方，因为他们都不识字。反正背也都背熟的了，于是大家丢开这封信不谈，就都谈着“大先生”，就是他们的主人的病，到底是个什么来历。中医说肝火太盛，由气而得；西医说受了过度的刺激，神经衰弱。而那会算命的本地最有名的黄半仙，却从门帘的缝中看出了耿大先生是前生注定的骨肉分离。

因为耿大先生在民国元年的时候，就出外留学，从本地的县城，留到了省城，差一点就要到北京去的，去进北京大学堂。虽然没有去成，思想总算是革命的了。他的书箱子里密藏着孙中山先生的照片，等到民国七八年时候，他才敢拿出来给大家看，说是从前若发现了有这照片是要被杀头的。

因此他的思想是维新得多了，他不迷信，他不信中医。他的儿子，从小他就不让他进私学，自从初级小学堂一开办，他就把他的女儿和儿子都送进小学堂去读书。

他的母亲活着的时候，很是迷信，跳神赶鬼，但是早已经死去了。现在他就是一家之主，他说怎么样就是怎么样。他的夫人，五十多岁了，读过私学馆，前清时代她的父亲进过北京去赶过考，考是没有考中的，但是学问很好，所以他的女儿《金刚经》《灶王经》都念得通熟，每到夜深人静，还常烧香打坐，还常拜斗参禅。虽然五十多岁了，其间也受了不少的丈夫的阻挠，但她善心不改，也还是常常偷着在灶王爷那里烧香。

耿大先生就完全不信什么灶王爷了，他自己不加小心撞了灶王爷板，他硬说灶王爷板撞了他。于是很开心地拿着烧火的叉子把灶王爷打了一顿。

他说什么是神，人就是神。自从有了科学以来，看得见的就是有，看不见的就是没有。

所以那黄半仙刚一探头，耿大先生唔唠一声，就把他吓回去了，只在门帘的缝中观了观形色，好在他自承认他的功夫是很深的，只这么一看，也就看出个所以然来。他说这是他命里注定的前世的孽缘，是财不散，是子不离。“是财不散，是儿不死。”民间本是有这句俗话的。但是“是子不离”这可没有，是他给编上去的，因为耿大少爷到底是死是活，谁也不知道，于是就只好将就着用了这么一个含糊其词的“离”字。

假若从此音信皆无，真的死了，不就是真的“离”了吗？假若不死，有一天回来了，那就是人生的悲、欢、离、合，有离就有聚，有聚就有离的“离”。

黄半仙这一套理论，不能发扬而光大之，因为大先生虽然病得很沉重，但是他还时时地清醒过来，若让他晓得了，全家上下都将不得安宁，他将要换着个儿骂，从他夫人骂起，一直骂到那烧火洗碗的小打。所以在他这生病的期中，只得请医生，而不能够看巫医。所以像黄半仙那样的，只能到下房里向大夫人讨一点零钱就去了，是没有工夫给他研究学理的。

现在那两个大皮帽子各自拿了小烟袋，点了火，彼此地咳嗽着，正想大大地发一套议论，讨论一下关于大少爷的一去无消息。有老管事的在旁，一定有什么更丰富的见解。

老管事的用手把胡子来回地抹着，因为不一会儿工夫，他的胡子就挂满了白霜。他说：

“人还不知有没有了呢？看这样子去了一个还要搭一个。”

那拉木头的就问：

“大先生的病好了一点没有？”

老管事的坐在木架上，东望望，西望望，好像无可无不可的神情，似乎并不关心，而又像他心里早有了主意，好像事情的原委他早已观察清楚了，一步一步的必要向哪一方面发展，而必要发展到怎样一个地步，他都完全看透彻了似的。他随手抓起一把锯末子来，用嘴唇吹着，把那锯末子吹了满身，而后又用手拍着，把那锯末子都拍落下去。而后，他弯下腰去，从地上搬起一个圆木磙子来，把那木磙子放在木架上，而后拍着，并且用手揪着那树皮，撕下一小片来，把那绿盈盈的一层掀下来，放在嘴里，一边咬着一边说：

“还甜丝丝的呢，活了一百年的树，到今天算是完了。”

而后他一脚把那木墩子踢开。他说：

“我活了六十多年了，我没有见过这年月，让你一，你不敢二，让你说三，你不敢讲四。完了，完了……”

那两个拉锯的眼睛呆呆的不转眼珠。

老管事的把烟袋锅子磕着自己的毡鞋底：

“跑毛子的时候，那俄大鼻子也杀也砍的，可是就只那么一阵，过去也就完了。没有像这个的，油、盐、酱、醋、吃米、烧柴，没有他管不着的；你说一句话吧，他也要听听；你写一个字吧，他也要看看。大先生为了有这场病的，虽说是为着儿子的啦，可也不尽然，而是为着那小……小口口。”

正说到这里，大门外边有两个说着“咯大内、咯大内”的话的绿色的带着短刀的人走过。老管事的他那掉在地上的写着“大中华民国”字样的信封，伸出脚去就用大毡鞋底踩住了，同时变毛变色地说：

“今年冬天的雪不小，来春的青苗错不了啊！……”

那两个人“咯大内、咯大内”地讲着些个什么走过去了。

“说鬼就有鬼，说鬼鬼就到。”

老管事的站起来就走了，把那写着“大中华民国”的信封，一边走着一边撕着，撕得一条一条的，而后放在嘴里咬着，随咬随吐在地上。他已走上正房的台阶上去了，在那台阶上还听得到他说：

“活见鬼，活见鬼，他妈的，活见鬼……”

而后那房门咔咔的一响，人就进去了，不见了。

清雪还是照旧地下着，那两个拉锯的，又在那里唰唰地工作起来。

这大锯的响声本来是“扔扔”的，好像是唱着歌似的，但那是离得远一点才可以听到的，而那拉锯的人自己就只听到“唰唰唰”。

锯末子往下飞撒，同时也有一种清香的气味发散出来。那气味甜丝丝的，松香不是松香，杨花的香味也不是的，而是甜的，幽远的，好像是在记忆上已经记不得那么一种气味的了。久久被忘记了的一回事，一旦来到了，觉得特别的新鲜。因为那拉锯的人真是伸手抓起一把锯末子来放到嘴里吞下去。就是不吞下这锯末子，也必得撕下一片那绿盈盈的贴身的树皮来，放到嘴里去咬着，是那么清香，不咬一咬这树皮，嘴里不能够有口味。刚一开始，他们就是那样咬着的。现在虽然不至再亲切得去咬那树皮了，但是那圆滚滚的一个一个的锯好了的木墩子，也是非常惹人爱的。他们时或用手拍着，用脚尖触着。他们每锯好一段，从那木架子推下去的时候，他们就说：

“去吧，上一边待着去吧。”

他们心里想，这么大的木头，若做成桌子，做成椅子，修房子的时候，做成窗框该多好，这样好的木头哪里去找去！

但是现在锯了，毁了，劈了烧火了，眼看着一块材料不成用了。好像他们自己的命运一样，他们看了未免有几分悲哀。

清雪好像菲薄菲薄的玻璃似的，把人的脸，把人的衣服都给闪着光，人在清雪里边，就像在一张大的纱帐子里似的。而这纱帐子又都是些个玻璃末似的小东西组成的，它们会飞，会跑，会纷纷地下坠。

往那大门洞里一看，只影影绰绰地看得见人的轮廓，而看不见人的鼻子眼睛了。

可是大锯的响声，在下雪的天气里，反而听得特别的清楚，也反而听得特别的远。因为在这样的天气里边，人们都走进屋子里去过生活了。街道上和邻家院子，都是静静的。人声非常的稀少，人影也不多见。只见远近处都是茫茫的一片白色。

尤其是在旷野上，远远的一望，白茫茫的，简直是一片白色的大化石。旷野上远处若有一个人走着，就像一个黑点在移动着似的；近处若有人走着，就好像一个影子在走着似的。

在这下雪的天气里是很奇怪的，远处都近，近的反而远了，比方旁边有人说话，那声音不如平时响亮。远处若有一点声音，那声音就好像在耳朵旁边似的。

所以那远处伐树的声音，当他们两个一休息下来的时候，他们就听见了。

因为太远了，那大锯的“扔扔”的声音不很大，好像隔了不少的村庄，而听到那最后的村庄的音响似的，似有似无的。假若：在记忆里边没有那伐树的事情，那就根本不知道那是伐树的声音了，或者根本就听不见。

“一百多棵树。”因为他们心里想着，那地方原来有一百多棵树。

在晴天里往那边看是看得见那片树的，在下雪的天里就有些看不见了，只听得不知道什么地方“扔、扔、扔、扔”，他们一想，就定是那伐树的声音了。

他们听了一会儿，他们说：

“一百多棵树，烟消火灭了，耿大先生想儿子想疯了。”

“一年不如一年了，完了，完了。”

樱桃树不结樱桃了，玫瑰不开花了。泥大墙倒了，把樱桃树给轧断了，把玫瑰树给埋了。樱桃轧断了，还留着一些枝杈，玫瑰竟埋得连影都看不见了。

耿大先生从前问小孩子们：

“长大做什么？”

小孩子们就说：

“长大当官。”

现在老早就不这么说了。

他对小孩子们说：

“有吃有喝就行了，荣华富贵咱们不求那个。”

从前那客厅里挂着的画，威尔逊，拿破仑，现在都已经摘下去了，尤其是那拿破仑，英雄威武得实在可以，戴着大帽子，身上佩着剑。

耿大先生每天早晨吃完了饭，往客厅里一坐，第一个拿破仑，第二个威尔逊，还有林肯，华盛顿……挨着排讲究一遍。讲完了，大的孩子让他照样地背一遍，小的孩子就让他用手指指出，哪个是威尔逊，哪个是拿破仑。

他说人要英雄威武，男子汉，大丈夫，不做威尔逊，也做拿破仑。

可是现在没有了，那些画都从墙上摘下去了，另换上一个面孔，宽衣大袖，安详端正，很大的耳朵，很红的嘴唇，一看上去就是仁义道德。但是自从挂了这画之后，只是白白地挂着，并没有讲。也不再问孩子们长大做什么了。孩子们偶尔问到了他，他就说：

“只求足衣足食，不求别的。”

这都是日本人来了之后，才改变了思想。

再不然就说：

“人生百年，三万六千日，不如僧家半日闲。”

这还都是大少爷在家里时的思想。大少爷一走了，开初耿大先生不表示什么意见，心里暗恨生气，只觉得这孩了太不知好歹。但他想过了一些时候，就会回来的了，年轻的人，听说哪方面热闹，就往哪方面跑。他又想到他自己年轻的时候，也是那样。孙中山先生革命的时候，还偷偷地加入了革命党呢。现在还不是，青年人，血气盛，听说是要打日本，自然是眼红，现在让他去吧，过了一些时候，他就晓得了。他以为到了中国就不再是“满洲国”了。说打日本是可以的了。其实不然，中国也不让说打日本这个话的。

本地县中学里的学生跑了两三个。听说到了上海就被抓起来了。听说犯了抗日遗害民国的罪。这些或者不是事实。耿大先生也没有见过，不过一听说，他就有点相信。因为他爱子心切，所以是凡听了不好的消息他就相信。他想儿子既走了，是没有法子叫他回来，只希望他在外边碰了钉子就回来了。

看着吧，到了上海，没有几天，也是回来的。年轻人就是这样，听了什么一个好名声，就跟着去了，过了几天也就回来了。

耿大先生把这件事情不十分放在心上。

儿子的母亲，一哭哭了三四天，说是儿子走的三四天前，她就看出来孩子有点不对。那孩子的眼池是红的，一定是不忍心走，哭过了的，还有他问过他母亲一句话，他说：

“妈，弟弟他们每天应该给他们两个钟头念中国书。尽念日本书，将来连中国字都不认识了，等一天咱们中国把日本人打跑了的时候，还满口日本话，那该多么耻辱。”

妈就说：

“什么时候会打跑日本的？”

儿子说：

“我就要去打日本去了……”

这不明明跟母亲露一个话风吗？可惜当时她不明白，现在她越想越后悔。

假如看出来了，就看住他，使他走不了。假如看出来了，他怎么也是走不了的。母亲越想越后悔，这一下子怕是不能回来了。

母亲觉得虽然打日本是未必的，但总觉得儿子走了，怕是不能回来了，这个阴影不知道从什么地方来的。也许本地县中学里的那两个学生到了上海就音信皆无，给了她很大的恐怖。总之有一个可怕的阴影，不知怎么的，似乎是儿子就要一去不回来。

但是这话她不能说出来，同时她也不愿意这样说，但是她越想怕是儿子就越回不来了。所以当时她到儿子的房里去检点衣物的时候，她看见了儿子的出去打猎戴的那大帽子，她也哭。她看见儿子的皮手套，她也哭。哭得像个泪人似的。

儿子的书桌上的书一本一本地好好地放着，毛笔站在笔架上，铅笔横在小木盒里。那儿子喝水的茶杯里还剩了半杯茶呢！儿子走了吗？这实在不能够相信。那书架上站着的大圆马蹄表还在“咔咔咔”地一秒一秒地走着。那还是儿子亲手上的表呢。

母亲摸摸这个，动动那个，似乎是什么也没有少、一切都照原样，屋子里还温热热的，一切都像等待着晚上儿子回来照常睡在这房里，一点也不像这主人就一去也不回来了。

## 三

儿子一去就是三年，只是到了上海的时候，有过两封信。以后就音信皆无了，传说倒是很多。正因为传说太多了，不知道相信哪一条好。卢沟桥，“八一三”，儿子走了不到半年中国就打日本了。但是儿子可在什么地方，音信皆无。

传说就在上海张发奎的部队里，当了兵。又传说没有当兵，而做了政治工作人员。后来，他的一个同学又说他早就不在上海了，在陕西八路军里边工作。过了几个月说都不对，是在山西的一个小学堂里教书。还有更奇妙的，说是儿子生活无着，沦落街头，无法还在一个瓷器公司里边做了一段小工。

对于这做小工的事情，把母亲可怜得不得了。母亲到处去探听，亲戚，朋友，只要平常对于她儿子一有来往的地方，她就没有不探听遍了的。尤其儿子的同学，她总想，他们是年轻人，哪能够不通信。等人家告诉她实实在在不知道的时候，她就说：

“你们瞒着我，你们哪能不通信的。”

她打算给儿子寄些钱去，可是往哪里寄呢？没有通信地址。

她常常以为有人一定晓得她儿子的通信处，不过不敢告诉她罢了；她常以为尤其是儿子的同学一定知道他在哪里，不过不肯说，说了出来，怕她去找回来。所以她常对儿子的同学说：

“你们若知道，你们告诉我，我绝不去找他的。”

有时竟或说：

“他在外边见见世面，倒也好的，不然像咱们这个地方东三省，有谁到过上海。他也二十多岁了，他愿意在外边待着，他就在外边待着去吧，我才不去找他的。”

对方的回答很简单：

“我们不知道，我们不知道。”

有时她这样用心可怜地说了一大套，对方也难为情起来了。说：

“老伯母，我们实在不知道。我们若知道，我们就说了。”

每次都是毫无下文，无结果而止。她自己也觉得非常的空虚，她想下回不问了，无论谁也不问了，事不关己，谁愿意听呢？人都是自私的，人家不告诉她，她心里竟或恨了别人，她想再也不必问了。

但是过些日子她又忘了，她还是照旧地问。

怎么能够沦为小工呢？耿家自祖上就没有给人家做工的，真是笑话，有些不十分相信，有些不可能。

但是自从离了家，家里一个铜板也没有寄去过，上海又没有亲戚，恐怕做小工也是真的了。

母亲爱子心切，一想到这里，有些不好过，有些心酸，眼泪就来到眼边上。她想这孩子自幼又娇又惯地长大，吃、穿都是别人扶持着，现在给人做小工，可怎么做呢？可怜了我这孩子了！母亲一想到这里，每逢吃饭，就要放下饭碗，吃不下去。每逢睡觉，就会忽然地醒来，而后翻转着，无论怎样也再睡不着。若遇到刮风的夜，她就想刮了这样的大风，若是一个人在外边，夜里睡不着，想起家来，那该多么难受。

因为她想儿子，所以她想到了儿子要想家的。

下雨的夜里，她睡得好好的，忽然一个雷把她惊醒了，她就再也睡不着了。她想，沦落在外的人，手中若没有钱，这样连风加雨的夜，怎样能够睡得着？

背井离乡，要亲戚没有亲戚，要朋友没有朋友，又风雨交加。其实儿子离她不知几千里了，怎么她这里下雨，儿子那里也会下雨的？因为她想她这里下雨了，儿子那里也是下雨的。

儿子到底当了小工，还是当了兵，这些都是传闻，究竟没有证实过。所以做母亲的迷离恍惚地过了两三年，好像走了迷路似的，不知道东西南北了。

母亲在这三年中，会说东忘西的，说南忘北的，听人家唱鼓词，听着听着就哭了；给小孩子们讲瞎话，讲着讲着，眼泪就流下来了。一说街上有个叫花子，三天没有吃饭饿死了，她就说：“怎么没有人给他点剩饭呢？”说完了，她的眼睛上就像是来了眼泪，她说人们真狠心得很……

母亲不知为什么，变得眼泪特别多，她无所因由似的说哭就哭。看见别人家娶媳妇她也哭，听说谁家的少爷今年定了亲了，她也哭。

## 四

可是耿大先生则不然，他一声不响。关于儿子，他一字不提。他不哭，也不说话，只是夜里不睡觉，静静地坐着，往往一坐坐个通宵。他的面前站着一根蜡烛，他的身边放着一本书。那书他从来没有看过，只是在那烛光里边一夜一夜地陪着他。

儿子刚走的时候，他想他不久就回来了，用不着挂心的。他一看儿子的母亲在哭，他就说：“妇人女子眼泪忒多。”所以当儿子来信要钱的时候，他不但没有给寄钱去，反而写信告诉他说，要回来，就回来，不回来，必是自有主张，此后也就不要给家来信了，关里关外地通信，若给人家晓得了，有关身家性命。父亲是用这种方法要挟儿子，使他早点回来。谁知儿子看了这信，就从此不往家里写信了。

无音无信的过了三年，虽然这之中的传闻他也都听到了，但是越听越坏，还不如不听的好。不听倒还死心塌地！就和像未曾有过这样的一个儿子似的。

可是偏听得见的，只能听见，又不能证实，就如隐约欲断的琴音，往往更耐人追索……

耿大先生为了忘却这件事情，他已经养成了一个习惯，就是夜里不愿意睡觉，愿意坐着。

他夜里坐了三年，竟把头发坐白了。

开初有的亲戚朋友来，还问他大少爷有信没有，到后来竟连问也没有人敢问了。人一问他，他就说：

“他们的事情，少管为妙。”

人家也就晓得耿大先生避免着再提到儿子。家里的人便没有人敢提到大少爷的。大少爷住过的那房子的门锁着，那里边鸦雀无声，灰尘都已经满了。太阳晃在窗子的玻璃上，那玻璃都可以照人了，好像水银镜子似的。因为玻璃的背后已经挂了一层灰秃秃的尘土。把脸贴在玻璃上往里边看，才能看到里边的那些东西，床、书架、书桌等类，但也看不十分清楚。因为玻璃上尘土的关系，也都变得影影绰绰的了。

这个窗没有人敢往里看，也就是老管事的记性很不好，挨了不知多少次的耿大先生的瞪眼，他有时一早一晚还偷偷摸摸地往里看。

因为在老管事的感觉里，这大少爷的走掉，总觉得是凤去楼空，或者是凄凉的家败人亡的感觉。

眼看着大少爷一走，全家都散心了。到吃饭的时候，桌上摆着碗筷，空空的摆着，没有人来吃饭。到睡觉的时候，不睡觉，通夜通夜的上房里点着灯。家里油盐酱醋没有人检点，老厨子偷油、偷盐，并且拿着小口袋从米缸里往外灌米。送柴的来了，没有人过数；送粮的来了，没有人点粮。柴来了就往大禀上一扔，粮来了，就往仓子里一倒，够数不够数，没有人晓得。

院墙倒了，用一排麦秆附上；房子漏了雨，拿一块砖头压上。一切都是往败坏的路上走。一切的光辉生气随着大少爷的出走失去了。

老管事的一看到这里，就觉得好像家败人亡了似的，默默的心中起着悲哀。

因为是上一代他也看见了，并且一点也没有忘记，那就是耿大先生的父亲在世的时候那种兢兢业业的。现在都哪里去了，现在好像是就要烟消云散了。

他越看越不像样，也就越要看。他觉得上屋里没人，他就跷着脚尖，把头盖顶在那大少爷的房子的玻璃窗上，往里看着。他自己也不知道他是要看什么，好像是在凭吊。

其余的家里的孩子，谁也不敢提到哥哥。谁要一提到哥哥，父亲就用眼睛瞪着他们。或者是正在吃饭，或者是正在玩着，若一提到哥哥，父亲就说：

“去吧，去一边玩去吧。”

耿大先生整天不大说话。他的眼睛是灰色的，他在屋子里坐着，他就直直地望着墙壁。他在院子里站着，他就把眼睛望着天边。他什么也不说，什么也不观察，把嘴再紧紧地闭着，好像他的嘴里边已经咬住了一种什么东西。

但是现在耿大先生早已经病了，有的时候清醒，有的时候则昏昏沉沉地睡着。

那就是今年阴历十二月里，他听到儿子大概是死了的消息。

这消息是本街上儿子的从前的一个同学那里传出来的。

正是这些时候，“满洲国”的报纸上大加宣传说是中国要内战了，不打日本了，说是某某军队竟把某某军队一伙给杀光了，说是连军人的家属连妇人带小孩都给杀光了。

这些宣传，日本一点也不出于好心。为什么知道他不是出于好心呢？因为下边紧接着就说，还是“满洲国”好，国泰民安，赶快的不要对你们的祖国怀着希望。

耿大先生一看，耿大先生就看出这又在造谣生事了。

耿大先生每天看报的，虽然他不相信，但也留心着，反正没有事做，就拿着报纸当消遣。有一天报上画着些小人，旁边注着字：“自相残杀。”另外还有一张画，画的是日本人，手里拉着“满洲国”的人，向前大步地走去，旁边写着：“日满提携。”

耿大先生看完了报说：

“小日本是亡不了中国的，小日本无耻。”

有一天，耿大先生正在吃饭，客厅里边来了一个青年人在说话，说话的声音不大，说了一会儿就走了。他也绝没想到厅中有事。

耿太太也正在吃饭，知道客厅里来了客人，过去就没有回来，饭也没有吃。

到了晚上，全家都知道了，就是瞒着耿大先生一个人不知道。大少爷在外边当兵打仗死了。

老管事的打着灯笼到庙上去烧香去了，回来把胡子都哭湿了，他说：

“年轻轻的，那孩子不是那短命的，规矩礼法，温文尔雅……”

戴着大皮帽子的家里的长工，翻来覆去地说：

“奇怪，奇怪。当兵是穷人当的，像大少爷这身份为啥去当兵的？”

另外一个长工就说：

“打日本罢了！”

长工们是在伙房里讲着。伙房的锅台上点起小煤油灯来，灯上没有灯罩，所以从火苗上往上升着黑烟。大锅里边满着猪食，咕噜咕噜的，从锅沿边往上升着白汽，白汽升到房梁上，而后结成很大的水点滴下来。除了他们谈论大少爷的说话声之外，水点也在啪嗒啪嗒地落着。

耿太太在上屋自己的卧房里哭了好一阵，而后拿着三炷香到房檐头上去跪着念《金刚经》。当她走过来的时候，那香火在黑暗里一东一西地迈着步，而后在房檐头上那红红的小火点停住了。

老管事好像哨兵似的给耿太太守卫着，说大先生没有出来。于是耿太太才喃喃地念起经来。一边念着经，一边呜呜地哭着，哭了一会儿，忘记了把声音渐渐地放大起来，老管事的在一旁说：

“小心大先生听见，小点声吧。”

耿太太又勉强着把哭声收回去，以致那喉咙里边好像有什么在横着似的，时时起着咯咯的响声。

把经念完了，耿太太昏迷迷地往屋里走，哪想到大先生就在玻璃窗里边站着。她想这事情的原委，已经被他看破，所以当他一问：“你在做什么？”她就把实况说了出来：

“咱们的孩子被中国人打死了。”

耿大先生说：

“胡说。”

于是，拿着这些日子所有的报纸来，看了半夜，满纸都是，日本人的挑拨离间，却看不出中国人会打中国人来。

直到鸡叫天明，耿大先生伏在案上，枕着那些报纸，忽然做了一梦。

在梦中，他的儿子并没有死，而是做了抗日英雄，带领着千军人马，从中国杀向“满洲国”来了。

## 五

耿大先生一梦醒来，从此就病了，就是那有时昏迷，有时清醒的病。

清醒的时候，他就指挥着伐树。他说：

“伐呀，不伐白不伐。”

把树木都锯成短段。他说：

“烧啊！不烧白不烧，留着也是小日本的。”

等他昏迷的时候，他就要笔要墨要写信，那样的信不知写了多少了，只写信封，而不写内容的。

信封上总是写：

## 大中华民国抗日英雄

耿振华吾儿　收

父　字

这信不知道他要寄到什么地方去，只要客人来了，他就说：

“你等一等，给我带一封信去。”

老管事的提着酒瓶子到街上去装酒，从他窗前一经过，他就把他叫住：

“你等一等，我这儿有一封信给我带去。”

无管什么人上街，若让他看见，他就要带一封信去。

医生来了，一进屋，皮包还没有放下，他就对医生说：

“请等一等，给我带一封信去！”

家里的人，觉得这是一种可怕的情形。若是来了日本客人，他也把那抗日英雄的信托日本人带去，可就糟了。

所以自从他一发了病，他就被幽禁起来，把他住在最末的一间房子的后间里，前边罩着窗帘，后边上着风窗。

晴天时，太阳在窗帘的外边，那屋子是昏黄的；阴天时，那屋子是发灰色的。那屋里什么也没有，只有一个高大的暖墙，在一边站着，那暖墙是用白色的凸花的瓷砖砌的。其余别的东西都已经搬出去了，只有这暖墙是无法可搬的，只好站在那里让耿大先生痴痴地看来看去。他好像不认识这东西，不知道这东西的性质，有的时候看，有的时候用手去抚摸。

家里的人看了这情形很是害怕，所以把所有的东西都搬开了，不然他就样样的细细地研究，灯台、茶碗、盘子、帽盒子，他都拿在手里观摩。

现在都搬走了，只剩下这暖墙不能搬了。他就细细地用手指摸着这暖墙上的花纹。他说：

“怕这也是日本货吧！”

耿大先生一天很无聊地过着日子。

窗帘整天地挂着，风窗整天地上着，昏昏暗暗的，他的生活与世隔离了。

他的小屋虽然安静，但外边的声音也还是可以听得到的。外边狗咬，或是有脚步声，他就说：

“让我出去看看，有人来了。”

或是：

“有人来了，让他给我带一封信去。”

若有人阻止了他，他也就不动了；旁边若没有人，他会开门就经过耿太太的卧房，再经过客厅就出去的。

有一天日本东亚什么什么协进会的干事，一个日本人来到家里了，要与耿大先生谈什么事情，因为他也是协进会的董事。

这一天，可把耿太太吓坏了。

“上街去了。”说完了，自己的脸色就变白了。

因为一时着急说错了，假若那日本人听说若是他病在家里不见，这不是被看破了实情，无私也有弊了。

于是大家商量着，把耿大先生又给换了一个住处。这房间又小又冷，原来是个小偏房，是个使女住的。屋里没有壁炉，也没有暖墙，只生了一个炭火盆取暖。因为这房子在所有的房子的背后，或者更周密一些。

但是并不，有一天医生来到家里给耿大先生诊病。正在客厅里谈着，说耿大先生的病没有见什么好，可也没有见坏。

正这时候，掀开门帘，耿大先生进来了，手里拿了一封信说：

“我好了，我好了。请把这一封信给我带去。”

耿太太吓慌了，这假若是日本人在，便糟了。于是又把耿大先生换一个地方。这回更荒凉了，把他放在花园的角上那凉亭子里去了。

那凉亭子的四角都像和尚庙似的挂着小钟，半夜里有风吹来，发出叮叮的响声。

耿大先生清醒的时候，就说：

“想不到出家当和尚了，真是笑话。”

等他昏迷的时候，他就说：

“给我笔，我写信……”

那花园里素常没有人来，因为一到了冬天，满园子都是白雪。偶尔一条狗从这园子里经过，那留下来一连串的脚印，把那完完整整的洁净得连触也不敢触的大雪地给踏破了，使人看了非常可惜。假若下了第二次雪，那就会平了。假若第二次雪不来，那就会十天八天地留着。

平常人走在路上，没有人留心过脚印。猫跪在桌子上，没有留心过那踪迹。就像鸟雀从天空飞过，没有人留心过那影子的一样。但是这平平的雪地若展现在前边就不然了。若看到了那上边有一个坑一个点都要追寻它的来历。老鼠从上边跳过去的脚印，是一对一对的，好像一对尖尖的枣核打在那上边了。

鸡子从上边走过去，那脚印好像松树枝似的，一个个的。人看了这痕迹，就想要追寻，这是从哪里来的？到哪里去了呢？若是短短的只在雪上绕了一个弯就回来了的，那么一看就看清楚了，那东西在这雪上没有走了那么远。若是那脚印一长串地跑了出去，跑到大墙的那边，或是跑到大树的那边，或是跑到凉亭的那边，让人的眼睛看不见到最后究竟是跑到哪里去了。这一片小小的白雪地，四外有大墙围，本来是一个小小的世界，但经过几个脚印足痕的踩踏之后，却显得这世界宽广了。因为一条狗从上边跑过了，那狗究竟是跳墙出去了呢，还是从什么地方跑回来的。再仔细查那脚印，那脚印只是单单的一行，有去路，而没有回路。

耿大先生自从搬到这凉亭里来，就整天地看着这满花园子的大雪。那雪若是刚下过了的，非常的平，连一点痕迹也没有的时候，他就更寂寞了。

那凉亭里边生了一个炭火盆，他寂寞的时候，就往炭火盆上加炭。那炭火盆上冒着蓝烟，他就对着那蓝烟呆呆地坐着。

## 六

有一天，有两个亲戚来看他，怕是一见了面，又要惹动他的心事，他又要写那“大中华民国抗日英雄耿振华吾儿”的信了。

于是没敢惊动，就围绕着凉亭，踏着雪，企图偷偷地看了就走了。

看了一会儿，没有人影，又看了一会儿，连影子也没有。

耿太太着慌了，以为一定是什么时候跑出去了。心下想着，跑到什么地方去了呢？可不要闯了乱子。她急忙地走上台阶，一看那吊在门上的锁，还是好好地锁着。那锁还是耿太太临出来的时候，她自己亲手锁的。

耿太太于是放了心，她想他是睡觉了，她让那两个客人站在门外，她先进去看看。若是他精神明白，就请两位客人进来。若不大明白，就不请他们进来了，免得一见面第二句话没有，又是写那“大中华民国”的信了。但是当她把耳朵贴在门框上去听的时候，她断定他是睡着了，于是她就说：

“他是睡着了，让他多睡一会儿吧。”

带着客人，一面说话一面回到正房去了。

厨子给老爷送饭的时候，一开门，那满屋子的蓝烟，就从门口跑了出来。往地上一看，耿大先生就在火盆旁边卧着，一只手按着自己的胸口，好像是在睡觉，又好像还有许多话没有说出来似的。

耿大先生被炭烟熏死了。

外边凉亭四角的铃子还在咯棱咯棱地响着。

因为今天起了一点小风，说不定一会儿工夫还要下清雪的。

# 剧　团

册子带来了恐怖。黄昏时候，我们排完了剧，和剧团那些人出了“民众教育馆”，恐怖使我对于家有点不安。街灯亮起来，进院，那些人跟在我们后面。门扇，窗子，和每日一样安然地关着。我十分放心，知道家中没有来过什么恶物。

失望了，开门的钥匙由郎华带着，于是大家只好坐在窗下的楼梯口。李买的香瓜，大家就吃香瓜。

汪林照样吸着烟。她掀起纱窗帘向我们这边笑了笑。陈成把一个香瓜高举起来。

“不要。”她摇头，隔着玻璃窗说。

我一点趣味也感不到，一直到他们把公演的事情议论完，我想的事情还没停下来。我愿意他们快快走，我好收拾箱子，好像箱子里面藏着什么使我和郎华犯罪的东西。

那些人走了。郎华从床底把箱子拉出来，洋烛立在地板上，我们开始收拾了。弄了满地纸片，什么犯罪的东西也没有。但不敢自信，怕书页里边夹着骂“满洲国”的，或是骂什么的字迹，所以每册书都翻了一遍。一切收拾好，箱子是空空洞洞的了。一张高尔基的照片，也把它烧掉。大火炉烧得烤痛人的面孔。我烧得很快，日本宪兵就要来捉人似的。

当我们坐下来喝茶的时候，当然是十分定心了，十分有把握了。一张吸墨纸我无意地玩弄着，我把腰挺得很直，很大方的样子，我的心像被拉满的弓放了下来一般的松适。我细看红铅笔在吸墨纸上写的字，那字正是犯法的字：

——小日本子，走狗，他妈的“满洲国”……——

我连再看一遍也没有看，就送到火炉里边。

“吸墨纸啊！是吸墨纸！”郎华可惜得跺着脚。等他发觉那已开始烧起了：“那样大一张吸墨纸你烧掉它，烧花眼了？什么都烧，看用什么！”

他过于可惜那张吸墨纸。我看他那种样子也很生气。吸墨纸重要，还是拿生命去开玩笑重要？

“为着一个虱子烧掉一件棉袄！”郎华骂我，“那你就不会把字剪掉？”

我哪想起来这样做！真傻，为着一块疮疤丢掉一个苹果！

我们把“满洲国”建国纪念明信片摆到桌上，那是朋友送给的，很厚的一打。还有两本上面写着“满洲国”字样的不知是什么书，连看也没有看也摆起来。桌子上面很有意思：《离骚》、《李后主词》、《石达开日记》，他当家庭教师用的小学算术教本。一本《世界各国革命史》也从桌子抽下去。郎华说那上面载着日本怎样压迫朝鲜的历史，所以不能摆在外面。我一听说有这种重要性，马上就要去烧掉，我已经站起来了，郎华把我按下：“疯了吗？你疯了吗？”

我就一声不响了，一直到灭了灯睡下，连呼吸也不能呼吸似的。在黑暗中我把眼睛张得很大。院中的狗叫声也多起来。大门扇响得也厉害了。总之，一切能发声的东西都比平常发的声音要高。平常不会响的东西也被我新发现着，棚顶发着响，洋瓦房盖被风吹着也响，响，响……

郎华按住我的胸口……我的不会说话的胸口。铁大门震响了一下，我跳了一下。

“不要怕，我们有什么呢？什么也没有。谣传不要太认真。他妈的，哪天捉去哪天算！睡吧，睡不足，明天要头疼的……”

他按住我的胸口。好像给恶梦惊醒的孩子似的，心在母亲的手下大跳着。

有一天，到一家影戏院去试剧，散散杂杂的这一些人，从我们的小房出发。

全体都到齐，只少了个徐志，他一次也没有不到过，要试演他就不到，大家以为他病了。

很大的舞台，很漂亮的垂幕。我扮演的是一个老太婆的角色，还要我哭，还要我生病。把四个椅子拼成一张床，试一试倒下去，我的腰部触得很疼。先试给影戏院老板看的，是郎华饰的《小偷》中的杰姆和李饰的律师夫人对话的那一幕。我是另外一个剧本，还没挨到我，大家就退出影戏院了。

因为条件不合，没能公演。大家等待机会，同时每个人发着疑问：公演不成吧？

三个剧排了三个月，若说演不出，总有点可惜。

“关于你们册子的风声怎么样？”

“没有什么。怕狼，怕虎是不行的。这年头只得碰上什么算什么……”郎华是刚强的。

# 放火者

从五月一号那天起，重庆就动了，在这个月份里，我们要纪念好几个日子，所以街上有多少人在游行，他们还准备着在夜里火炬游行。街上的人带着民族的信心，排成大队行列沉静地走着。

五三的中午日本飞机二十六架飞到重庆的上空，在人口最稠密的街道上投下燃烧弹和炸弹，那一天就有三条街起了带着硫磺气的火焰。

五四的那天，日本飞机又带了多量的炸弹，投到他们上次没有完全毁掉的街上和上次没可能毁掉的街道上。

大火的十天以后，那些断墙之下，瓦砾堆中仍冒着烟。人们走在街上用手帕掩着鼻子或者挂着口罩，因为有一种奇怪的气味满街散布着。那怪味并不十分浓厚，但随时都觉得吸得到。似乎每人都用过于细微的嗅觉存心嗅到那说不出的气味似的，就在十天以后发掘的人们，还在深厚的灰烬里寻出尸体来。断墙笔直的站着，在一群瓦砾当中，只有它那么高而又那么完整。设法拆掉它，拉倒它，但它站得非常坚强。段牌坊就站着这断墙，很远就可以听到几十人在喊着，好像拉着帆船的纤绳，又像抬着重物。

“唉呀……喔呵……唉呀……喔呵……”

走近了看到那里站着一队兵士，穿着绿色的衣裳，腰间挂着他们喝水的瓷杯，他们像出发到前线上去差不多。但他们手里挽着绳子的另一端系在离他们很远的单独的五六丈高站着一动也不动的那断墙上。他们喊着口号一起拉它不倒，连歪斜也不歪斜，它坚强地站着。步行的人停下了，车子走慢了，走过去的人回头了，用一种坚强的眼光，人们看住了它。

被那声音招引着，我也回过头去看它，可是它不倒，连动也不动。我就看到了这大瓦场的近边，那高坡上仍旧站着被烤干了的小树。有谁能够认得出那是什么树，完全脱掉了叶子，并且变了颜色，好像是用赭色的石头雕成的。靠着小树那一排房子窗上的玻璃掉了，只有三五块碎片，在夕阳中闪着金光。走廊的门开着，一切可以看得到，门帘扯掉了，墙上的镜框在斜垂着。显然在不久之前，他们是在这儿好好地生活着，那墙壁日历上还露着四号的“四”字。

街道是哑默的，一切店铺关了门，在黑大的门扇上贴着白帖或红帖，上面坐着一个苍白着脸色的恐吓的人，用水盆子在洗刷着弄脏了的胶皮鞋、汗背心……毛巾之类，这东西是从火中抢救出来的。

被炸过了的街道，飞尘卷着白沫扫着稀少的行人，行人挂着口罩，或用帕子掩着鼻子。街是哑然的，许多人生存的街毁掉了，生活秩序被破坏了，饭馆关起了门。

大瓦砾场一个接着一个，前边是一群人在拉着断墙，这使人一看上去就要低了头。无论你心胸怎样宽大，但你的心不能不跳，因为那摆在你面前的是荒凉的，是横遭不测的，千百个母亲和小孩子是吼叫着的，哭号着的，他们嫩弱的生命在火里边挣扎着，生命和火在斗争。但最后生命给谋杀了。那曾经狂喊过的母亲的嘴，曾经乱舞过的父亲的胳膊，曾经发疯对着火的祖母的眼睛，曾经依然偎在妈妈怀里吃乳的婴儿，这些最后都被火给杀死了。孩子和母亲，祖父和孙儿，猫和狗，都同他们凉台上的花盆一道倒在火里了。这倒下来的全家，他们没有一个是战斗员。

白洋铁壶成串地仍在那烧了一半的房子里挂着，显然是一家洋铁制器店被毁了。洋铁店的后边，单独一座三楼三底的房子站着，它两边都倒下去了，只有它还歪歪趔趔的支持着，楼梯分做好几段自己躺下去了，横睡在楼脚上。窗子整张的没有了，门扇也看不见了，墙壁穿着大洞，像被打破了腹部的人那样可怕的奇怪的站着。但那摆在二楼的木床，仍旧摆着，白色的床单还随着风飘着那只巾角，就在这二十个方丈大的火场上同时也有绳子在拉着一道断墙。

就在这火场的气味还没有停息，瓦砾还会烫手的时候，坐着飞机放火的日本人又要来了，这一天是五月十二号。

警报的笛子到处叫起，不论大街或深巷，不论听得到的听不到的，不论加以防备的或是没有知觉的都卷在这声浪里了。

那拉不倒的断墙也放手了，前一刻在街上走着的那一些行人，现在狂乱了，发疯了，开始跑了，开始喘着，还有拉着孩子的，还有拉着女人的，还有脸色变白的。街上像来了狂风一样，尘土都被这惊慌的人群带着声响卷起来了，沿街响着关窗和锁门的声音，街上什么也看不到，只看到跑。我想疯狂的日本法西斯刽子手们若看见这一刻的时候，他们一定会满足的吧，他们是何等可以骄傲呵，他们可以看见……

十几分钟之后，都安定下来了，该进防空洞的进去了，躲在墙根下的躲稳了。第二次警报（紧急警报）发了。

听得到一点声音，而越听越大。我就坐在公园石阶铁狮子附近，这铁狮子旁边坐着好几个老头，大概他们没有气力挤进防空洞去，而又跑也跑不远的缘故。

飞机的响声大起来，就有一个老头招呼着我：

“这边……到铁狮子下边来……”这话他并没有说，我想他是这个意思，因为他向我招手。

为了呼应他的亲切我去了，蹲在他的旁边。后边高坡上的树，那树叶遮着头顶的天空，致使想看飞机不大方便，但在树叶的空间看到飞机了，六架，六架。飞来飞去的总是六架，不知道为什么高射炮也未发，也不投弹。

穿蓝布衣裳的老头问我："看见了吗？几架？"

我说："六架。"

"向我们这边飞……"

"不，离我们很远。"

我说瞎话，我知道他很害怕，因为他刚说过了："我们坐在这儿的都是善人，看面色没有做过恶事，我们良心都是正的……死不了的。"

大批的飞机在头上飞过了，那里三架三架的集着小堆，这些小堆在空中横排着，飞得不算顶高，一共四十几架。高射炮一串一串的发着，红色和黄色的火球像一条长绳似的扯在公园的上空。

那老头向着另外的人而又向我说：

"看面色，我们都是没有做过恶的人，不带恶象，我们不会死……"

说着他就伏在地上了，他看不见飞机，他说他老了。大概他只能看见高射炮的连串的火球。

飞机像是低飞了似的，那声音沉重了，压下来了。守卫的宪兵喊了一声口令："卧倒。"他自己也就挂着枪伏在水池子旁边了。四边的火光蹿起来，有沉重的爆击声，人们看见半天是红光。

公园在这一天并没有落弹。在两个钟头之后，我们离开公园的铁狮子，那个老头悲惨的向我点头，而且和我说了很多话。

下一次，五月二十五号那天，中央公园便炸了。水池子旁边连铁狮子都被炸碎了。在弹花飞溅时，那是混合着人的肢体，人的血，人的脑浆。这小小的公园，死了多少人？我不愿说出它的数目来，但我必须说出它的数目来：死伤×××人，而重庆在这一天，有多少人从此不会听见解除警报的声音了……

# 册　子

永远不安定下来的洋烛的火光，使眼睛痛了。抄写，抄写……

“几千字了？”

“才三千多。”

“不手疼吗？休息休息吧，别弄坏了眼睛。”郎华打着哈欠到床边，两只手相交着依在头后，背脊靠着铁床的钢骨。我还没停下来，笔尖在纸上作出响声……

纱窗外阵阵起着狗叫，很响的皮鞋，人们的脚步从大门道来近。不自禁的恐怖落在我的心上。

“谁来了，你出去看看。”

郎华开了门，李和陈成进来。他们是剧团的同志，带来的一定是剧本。我没接过来看，让他们随便坐在床边。

“吟真忙，又在写什么？”

“没有写，抄一点什么。”我又拿起笔来抄。

他们的谈话，我一句半句地听到一点，我的神经开始不能统一，时时写出错字来，或是丢掉字，或是写重字。

蚊虫啄着我的脚面，后来在灯下也嗡嗡叫，我才放下不写。

呵呀呀，蚊虫满屋了！门扇仍大开着。一个小狗崽溜走进来，又卷着尾巴跑出去。关起门来，蚊虫仍是飞……我用手搔着作痒的耳，搔着腿和脚……手指的骨节搔得肿胀起来，这些中了蚊毒的地方，使我已经发酸的手腕不得不停下。我的嘴唇肿得很高，眼边也感到发热和紧胀。这里搔搔，那里搔搔，我的手感到不够用了。

“册子怎么样啦？”李的烟卷在嘴上冒烟。

“只剩这一篇。”郎华回答。

“封面是什么样子？”

“就是等着封面呢……”

第二天，我也跟着跑到印刷局去。使我特别高兴，折得很整齐的一帖一帖的都是要完成的册子，比儿时母亲为我制一件新衣裳更觉欢喜。……我又到排铅字的工人旁边，他手下按住的正是一个题目，很大的铅字，方的，带来无限的感情，那正是我的那篇《夜风》。

那天预先吃了一顿外国包子，郎华说他为着册子来敬祝我，所以到柜台前叫那人倒了两个杯“伏特克”酒。我说这是为着册子敬祝他。

被大欢喜追逐着，我们变成孩子了！走进公园，在大树下乘了一刻凉，觉得公园是满足的地方。望着树梢顶边的天。外国孩子们在地面弄着沙土。因为还是上午，游园的人不多，日本女人撑着伞走。卖“冰激凌”的小板房洗刷着杯子。我忽然觉得渴了，但那一排排的透明的汽水瓶子，并不引诱我们。我还没有养成那样的习惯，在公园还没喝过一次那样东西。

“我们回家去喝水吧。”只有回家去喝冷水，家里的冷水才不要钱。

拉开第一扇门，大草帽被震落下来。喝完了水，我提议戴上大草帽到江边走走。

赤着脚，郎华穿的是短裤，我穿的是小短裙子，向江边出发了。

两个人渔翁似的，时时在沿街玻璃窗上反映着。

“划小船吧，多么好的天气！”到了江边我又提议。

“就剩两毛钱……但也可以划，都花了吧！”

择一个船底铺着青草的、有两副桨的船。和船夫说明，一点钟一角五分。并没打算洗澡，连洗澡的衣裳也没有穿。船夫给推开了船，我们向江心去了。两副桨翻着，顺水下流，好像江岸在退走。我们不是故意去寻，任意遇到了一个沙洲，有两方丈的沙滩突出江心，郎华勇敢地先跳上沙滩，我胆怯，迟疑着，怕沙洲会沉下江底。

最后洗澡了，就在沙洲上脱掉衣服。郎华是完全脱的。我看了看江沿洗衣人的面孔是辨不出来的，那么我借了船身的遮掩，才爬下水底把衣服脱掉。我时时靠沙滩，怕水流把我带走。江浪击撞着船底，我拉住船板，头在水上，身子在水里，水光，天光，离开了人间一般的。当我躺在沙滩晒太阳时，从北面来了一只小划船。我慌张起来，穿衣裳已经来不及，怎么好呢？爬下水去吧！船走过，我又爬上来。

我穿好衣服。郎华还没穿好。他找他的衬衫，他说他的衬衫洗完了就挂在船板上，结果找不到。远处有白色的东西浮着，他想一定是他的衬衫了。划船去追白色的东西，那白东西走得很慢，那是一条鱼，死掉的白色的鱼。

虽然丢掉了衬衫并不感到可惜，郎华赤着膀子大嚷大笑地把鱼捉上来，大概他觉得在江上能够捉到鱼是一件很有本领的事。

“晚饭就吃这条鱼，你给煎煎它。”

“死鱼不能吃，大概臭了。”

他赶快把鱼腮掀给我看：“你看，你看，这样红就会臭的？”

直到上岸，他才静下去。

“我怎么办呢！光着膀子，在中央大街上可怎样走？”他完全静下去了，大概这时候忘了他的鱼。

我跑到家去拿了衣裳回来，满头流着汗。可是，他在江沿和码头夫们在一起喝茶了。在那个样的布棚下吹着江风。他第一句和我说的话，想来是：“你热吧？”

但他不是问我，他先问鱼：“你把鱼放在哪里啦？用凉水泡上没有？”

“五分钱给我！”我要买醋，煎鱼要用醋的。

“一个铜板也没剩，我喝了茶，你不知道？”

被大欢喜追逐着的两个人，把所有的钱用掉，把衬衣丢到大江，换得一条死鱼。

等到吃鱼的时候，郎华又说：“为着册子，我请你吃鱼。”

这是我们创作的一个阶段，最前的一个阶段，册子就是划分这个阶段的东西。

八月十四日，家家准备着过节的那天。我们到印刷局去，自己开始装订，装订了一整天。郎华用拳头打着背，我也感到背痛。

于是郎华跑出去叫来一部斗车，一百本册子提上车去。就在夕阳中，马脖子上颠动着很响的铃子，走在回家的道上。

家里，地板上摆着册子，朋友们手里拿着册子，谈论也是册子。同时关于册子出了谣言：没收啦！日本宪兵队逮捕啦！

逮捕可没有逮捕，没收是真的。送到书店去的书，没有几天就被禁止发卖了。

# 白面孔

恐怖压到剧团的头上，陈成的白面孔在月光下更白了。这种白色使人感到事件的严重。落过秋雨的街道，脚在街石上发着“巴巴”的声音，李，郎华，我们四个人走过很长的一条街。李说：“徐志，我们那天去试演，他不是没有到吗？被捕一个礼拜了！我们还不知道……”

“不要说。在街上不要说。”我撞动她的肩头。

鬼祟的样子，郎华和陈成一队，我和李一队。假如有人走在后面，还不等那人注意我，我就先注意他，好像人人都知道我们这回事。街灯也变了颜色，其实我们没有注意到街灯，只是紧张地走着。

李和陈成是来给我们报信，听说剧团人老柏已经三天不敢回家，有密探等在他的门口，他在准备逃跑。

我们去找胖朋友，胖朋友又有什么办法？他说：“× × 科里面的事情非常秘密，我不知道这事，我还没有听说。”他在屋里转着弯子。

回到家锁了门，又在收拾书箱，明知道没有什么可收拾的，但本能的要收拾。后来，也把那一些册子从过道拿到后面棒子房去。看到册子并不喜欢，反而感到累了！

老秦的面孔也白起来，那是在街上第二天遇见他。我们没说什么，因为郎华早已通知他这事件。

没有什么办法，逃，没有路费，逃又逃到什么地方去？不安定的生活又重新开始。从前是闹饿，刚能弄得饭吃，又闹着恐。好像从来未遇过的恶的传闻和事实，都在这时来到：日本宪兵队前夜捉去了谁，昨夜捉去了谁……听昨天被捉去的人与剧团又有关系……

耳孔里塞满了这一些，走在街上也是非常不安。在中央大街的中段，竟有这样突然的事情——郎华被一个很瘦的高个子在肩上拍了一下，就带着他走了！转弯走向横街去，郎华也一声不响地就跟他走，也好像莫名其妙地脱开我就跟他去……起先我的视线被电影院门前的人们遮断，但我并不怎样心跳，那人和郎华很密切的样子，肩贴着肩，踱过来，但一点感情也没有，又踱过去……这次走了许多工夫就没再转回来。我想这是用的什么计策吧？把他弄上圈套。

结果不是要捉他，那是他的一个熟人，多么可笑的熟人呀！太突然了！神经衰弱的人会吓出神经病来。——唉呀危险，你们剧团里人捕去了两个了……在街上他竟弄出这样一个奇特的样子来，他不断地说："你们应该预备预备。"

"我预备什么？怕也不成，遇上算。"郎华的肩连摇也不摇地说。

这几天发生的事情极多，做编辑的朋友陵也跑掉了。汪林喝过酒的白面孔也出现在院心。她说她醉了一夜，她说陵前夜怎样送她到家门，怎样要去了她一把削瓜皮的小刀……她一面说着，一面幻想，脸也是白的。好像不好的事情都一起发生，朋友们变了样。汪林在院子里走来走去，也变了样。

只失掉了剧员徐志，剧团的事就在恐怖中不再提起了。

# 第四章

# 面包花香

郎华还没有回来，我应该立刻想到饿，但我完全被青春迷惑了，读书的时候，哪里懂得“饿”？只晓得青春最重要，虽然现在我也并没老，但总觉得青春是过去了！过去了！我冥想了一个长时期，心浪和海水一般翻了一阵。追逐实际吧！青春唯有自私的人才系念她，“只有饥寒，没有青春。”

# 春意挂上了树梢

三月花还没有开，人们嗅不到花香，只是马路上融化了积雪的泥泞干起来。天空打起朦胧的多有春意的云彩；暖风和轻纱一般浮动在街道上，院子里。春末了，关外的人们才知道春来。春是来了，街头的白杨树蹿着芽，拖马车的马冒着气，马车夫们的大毡靴也不见了，行人道上外国女人的脚又从长统套鞋里显现出来。笑声，见面打招呼声，又复活在行人道上。商店为着快快地传播春天的感觉，橱窗里的花已经开了，草也绿了，那是布置着公园的夏景。我看得很凝神的时候，有人撞了我一下，是汪林，她也戴着那样小沿的帽子。

“天真暖啦！走路都有点热。”

看着她转过“商市街”，我们才来到另一家店铺，并不是买什么，只是看看，同时晒晒太阳。这样好的行人道，有树，也有椅子，坐在椅子上，把眼睛闭起，一切春的梦，春的谜，春的暖力……这一切把自己完全陷进去。听着，听着吧！春在歌唱……

“大爷，大奶奶……帮帮吧！……”这是什么歌呢，从背后来的？这不是春天的歌吧！

那个叫花子嘴里吃着个烂梨，一条腿和一只脚肿得把另一只显得好像不存在似的。“我的腿冻坏啦！大爷，帮帮吧！唉唉……！”

有谁还记得冬天？阳光这样暖了！街树蹿着芽！

手风琴在隔道唱起来，这也不是春天的调，只要一看那个瞎人为着拉琴而挪歪的头，就觉得很残忍。瞎人他摸不到春天，他没有。坏了腿的人，他走不到春天，他有腿也等于无腿。

世界上这一些不幸的人，存在着也等于不存在，倒不如赶早把他们消灭掉，免得在春天他们会唱这样难听的歌。

汪林在院心吸着一支烟卷，她又换一套衣裳。那是淡绿色的，和树枝发出的芽一样的颜色。她腋下夹着一封信，看见我们，赶忙把信送进衣袋去。

“大概又是情书吧！”郎华随便说着玩笑话。

她跑进屋去了。香烟的烟缕在门外打了一下旋卷才消灭。

夜，春夜，中央大街充满了音乐的夜。流浪人的音乐，日本舞场的音乐，外国饭店的音乐……七点钟以后。中央大街的中段，在一条横口，那个很响的扩音机哇哇地叫起来，这歌声差不多响彻全街。若站在商店的玻璃窗前，会疑心是从玻璃发着震响。一条完全在风雪里寂寞的大街，今天第一次又号叫起来。

外国人！绅士样的，流氓样的，老婆子，少女们，跑了满街……有的连起人排来封闭住商店的窗子，但这只限于年轻人。也有的同唱机一样唱起来，但这也只限于年轻人。这好像特有的年轻人的集会。他们和姑娘们一道说笑，和姑娘们连起排来走。中国人来混在这些卷发人中间，少得只有七分之一，或八分之一。但是汪林在其中，我们又遇到她。她和另一个也和她同样打扮漂亮的、白脸的女人同走……卷发的人用俄国话说她漂亮。她也用俄国话和他们笑了一阵。

中央大街的南端，人渐渐稀疏了。

墙根，转角，都发现着哀哭，老头子，孩子，母亲们……哀哭着的是永久被人间遗弃的人们！那边，还望得见那边快乐的人群。还听得见那边快乐的声音。

三月，花还没有，人们嗅不到花香。

夜的街，树枝上嫩绿的芽子看不见，是冬天吧？是秋天吧？但快乐的人们，不问四季总是快乐；哀哭的人们，不问四季也总是哀哭！

# 饿

“列巴圈”挂在过道别人的门上，过道好像还没有天明，可是电灯已经熄了。夜间遗留下来睡朦朦的气息充塞在过道，茶房气喘着，抹着地板。我不愿醒得太早，可是已经醒了，同时再不能睡去。

厕所房的电灯仍开着，和夜间一般昏黄，好像黎明还没有到来，可是“列巴圈”已经挂上别人家的门了！有的牛奶瓶也规规矩矩地等在别的房间外。只要一醒来，就可以随便吃喝。但，这都只限于别人，是别人的事，与自己无关。

扭开了灯，郎华睡在床上，他睡得很恬静，连呼吸也不震动空气一下。听一听过道连一个人也没走动。全旅馆的三层楼都在睡中，越这样静越引诱我，我的那种想头越坚决。过道尚没有一点声息，过道越静越引诱我，我的那种想头越想越充胀我：去拿吧！正是时候，即使是偷，那就偷吧！

轻轻扭动钥匙，门一点响动也没有。探头看了看，“列巴圈”对门就挂着，东隔壁也挂着，西隔壁也挂着。天快亮了！牛奶瓶的乳白色看得真真切切，“列巴圈”比每天也大了些，结果什么也没有去拿，我心里发烧，耳朵也热了一阵，立刻想到这是“偷”。儿时的记忆再现出来，偷梨吃的孩子最羞耻。过了好久，我就贴在已关好的门扇上，大概我像一个没有灵魂的、纸剪成的人贴在门扇。

大概这样吧：街车唤醒了我，马蹄嗒嗒、车轮吱吱地响过去。我抱紧胸膛，把头也挂到胸口，向我自己心说：我饿呀！不是“偷”呀！

第二次也打开门，这次我决心了！偷就偷，虽然是几个“列巴圈”，我也偷，为着我“饿”，为着他“饿”。

第二次失败，那么不去做第三次了。下了最后的决心，爬上床，关了灯，推一推郎华，他没有醒，我怕他醒。在“偷”这一刻，郎华也是我的敌人；假若我有母亲，母亲也是敌人。

天亮了！人们醒了。做家庭教师，无钱吃饭也要去上课，并且要练武术。他喝了一杯茶走的，过道那些“列巴圈”早已不见，都让别人吃了。

从昨夜到中午，四肢软一点，肚子好像被踢打放了气的皮球。

窗子在墙壁中央，天窗似的，我从窗口升了出去，赤裸裸，完全和日光接近；市街临在我的脚下，直线的，错综着许多角度的楼房，大柱子一般工厂的烟囱，街道横顺交织着，秃光的街树。白云在天空作出各样的曲线，高空的风吹乱我的头发，飘荡我的衣襟。市街像一张繁繁杂杂颜色不清晰的地图，挂在我们眼前。楼顶和树梢都挂住一层稀薄的白霜，整个城市在阳光下闪闪烁烁撒了一层银片。我的衣襟被风拍着作响，我冷了，我孤孤独独的好像站在无人的山顶。每家楼顶的白霜，一刻不是银片了，而是些雪花、冰花，或是什么更严寒的东西在吸我，像全身浴在冰水里一般。

我披了棉被再出现到窗口，那不是全身，仅仅是头和胸突在窗口。一个女人站在一家药店门口讨钱，手下牵着孩子，衣襟裹着更小的孩子。药店没有人出来理她，过路人也不理她，都像说她有孩子不对，穷就不该有孩子，有也应该饿死。

我只能看到街路的半面，那女人大概向我的窗下走来，因为我听见那孩子的哭声很近。

“老爷，太太，可怜可怜……”可是看不见她在逐谁，虽然是三层楼，也听得这般清楚，她一定是跑得颠颠断断地呼喘：“老爷老爷……可怜吧！”

那女人一定正像我，一定早饭还没有吃，也许昨晚的也没有吃。她在楼下急迫地来回的呼声传染了我，肚子立刻响起来，肠子不住地呼叫……

郎华仍不回来，我拿什么来喂肚子呢？桌子可以吃吗？草褥子可以吃吗？

晒着阳光的行人道，来往的行人，小贩乞丐……这一些看得我疲倦了！打着呵欠，从窗口爬下来。

窗子一关起来，立刻生满了霜，过一刻，玻璃片就流着眼泪了！起初是一条条的，后来就大哭了！满脸是泪，好像在行人道上讨饭的母亲的脸。

我坐在小屋，像饿在笼中的鸡一般，只想合起眼睛来静着，默着，但又不是睡。

“咯，咯！”这是谁在打门！我快去开门，是三年前旧学校里的图画先生。

他和从前一样很喜欢说笑话，没有改变，只是胖了一点，眼睛又小了一点。他随便说，说得很多。他的女儿，那个穿红花旗袍的小姑娘，又加了一件黑绒上衣，她在藤椅上，怪美丽的。但她有点不耐烦的样子：“爸爸，我们走吧。”小姑娘哪里懂得人生！小姑娘只知道美，哪里懂得人生？

曹先生问：“你一个住在这里吗？”

“是——”我当时不晓得为什么答应“是”，明明是和郎华同住，怎么要说自己住呢？

好像这几年并没有别开，我仍在那个学校读书一样。他说：

“还是一个人好，可以把整个的心身献给艺术。你现在不喜欢画，你喜欢文学，就把全心身献给文学。只有忠心于艺术的心才不空虚，只有艺术才是美，才是真美情爱。这话很难说，若是为了性欲才爱，那么就不如临时解决，随便可以找到一个，只要是异性。爱是爱，爱很不容易，那么就不如爱艺术，比较不空虚……”

“爸爸，走吧！”小姑娘哪里懂得人生，只知道“美”，她看一看这屋子一点意思也没有，床上只铺一张草褥子。

“是，走——”曹先生又说，眼睛指着女儿：“你看我，十三岁就结了婚。这不是吗？曹云都十五岁啦！”

“爸爸，我们走吧！”

他和几年前一样，总爱说“十三岁”就结了婚。差不多全校同学都知道曹先生是十三岁结婚的。

“爸爸，我们走吧！”

他把一张票子丢在桌上就走了！那是我写信去要的。

郎华还没有回来，我应该立刻想到饿，但我完全被青春迷惑了，读书的时候，哪里懂得“饿”？只晓得青春最重要，虽然现在我也并没老，但总觉得青春是过去了！过去了！

我冥想了一个长时期，心浪和海水一般翻了一阵。

追逐实际吧！青春唯有自私的人才系念她，“只有饥寒，没有青春。”

几天没有去过的小饭馆，又坐在那里边吃喝了。“很累了吧！腿可疼？道外道里要有十五里路。”我问他。

只要有得吃，他也很满足，我也很满足。其余什么都忘了！

那个饭馆，我已经习惯，还不等他坐下，我就抢个地方先坐下，我也把菜的名字记得很熟，什么辣椒白菜啦，雪里红豆腐啦……什么酱鱼啦！怎么叫酱鱼呢？哪里有鱼！用鱼骨头炒一点酱，借一点腥味就是啦！我很有把握，我简直都不用算一算就知道这些菜也超不过一角钱。因此我用很大的声音招呼，我不怕，我一点也不怕花钱。

回来没有睡觉之前，我们一面喝着开水，一面说：

“这回又饿不着了，又够吃些日子。”

闭了灯，又满足又安适地睡了一夜。

# 黑“列巴”和白盐

玻璃窗子又慢慢结起霜来，不管人和狗经过窗前，都辨认不清楚。

“我们不是新婚吗？”他这话说得很响，他唇下的开水杯起一个小圆波浪。他放下杯子，在黑面包上涂一点白盐送下喉去。大概是面包已不在喉中，他又说：

“这不正是度蜜月吗！”

“对的，对的。”我笑了。

他连忙又取一片黑面包，涂上一点白盐，学着电影上那样度蜜月，把涂盐的“列巴”先送上我的嘴，我咬了一下，而后他才去吃。一定盐太多了，舌尖感到不愉快，他连忙去喝水：

“不行不行，再这样度蜜月，把人咸死了。”

盐毕竟不是奶油，带给人的感觉一点也不甜，一点也不香。我坐在旁边笑。

光线完全不能透进屋来，四面是墙，窗子已经无用，像封闭了的洞门似的，与外界绝对隔离开。天天就生活在这里边。素食，有时候不食，好像传说上要成仙的人在这地方苦修苦炼。很有成绩，修炼得倒是不错了，脸也黄了，骨头也瘦了。我的眼睛越来越扩大，他的颊骨和木块一样突在腮边。这些工夫都做到，只是还没成仙。

“借钱”，“借钱”，郎华每日出去“借钱”。他借回来的钱总是很少，三角，五角，借到一元，那是很稀有的事。

黑“列巴”和白盐，许多日子成了我们惟一的生命线。

# 雪　天

我直直是睡了一个整天，这使我不能再睡。小屋子渐渐从灰色变做黑色。

睡得背很痛，肩也很痛，并且也饿了。我下床开了灯，在床沿坐了坐，到椅子上坐了坐，扒一扒头发，揉擦两下眼睛，心中感到幽长和无底，好像把我放下一个煤洞去，并且没有灯笼，使我一个人走沉下去。屋子虽然小，在我觉得和一个荒凉的广场样，屋子墙壁离我比天还远，那是说一切不和我发生关系；那是说我的肚子太空了！

一切街车街声在小窗外闹着。可是三层楼的过道非常寂静。每走过一个人，我留意他的脚步声，那是非常响亮的，硬底皮鞋踏过去，女人的高跟鞋更响亮而且焦急，有时成群的响声，男男女女穿插着过了一阵。我听遍了过道上一切引诱我的声音，可是不用开门看，我知道郎华还没回来。

小窗那样高，囚犯住的屋子一般，我仰起头来，看见那一些纷飞的雪花从天空忙乱地跌落，有的也打在玻璃窗片上，即刻就消融了，变成水珠滚动爬行着，玻璃窗被它画成没有意义、无组织的条纹。

我想：雪花为什么要翩飞呢？多么没有意义！忽然我又想：我不也是和雪花一般没有意义吗？坐在椅子里，两手空着，什么也不做；口张着，可是什么也不吃。我十分和一架完全停止了的机器相像。

过道一响，我的心就非常跳，那该不是郎华的脚步？一种穿软底鞋的声音，嚓嚓来近门口，我仿佛是跳起来，我心害怕：他冻得可怜了吧？他没有带回面包来吧？

开门看时，茶房站在那里：

“包夜饭吗？”

“多少钱？”

“每份六角。包月十五元。”

“……”我一点都不迟疑地摇着头，怕是他把饭送进来强迫我吃似的，怕他强迫向我要钱似的。茶房走出，门又严肃地关起来。一切别的房中的笑声，饭菜的香气都断绝了，就这样用一道门，我与人间隔离着。

一直到郎华回来，他的胶皮底鞋擦在门槛，我才止住幻想。茶房手上的托盘，盛着肉饼、炸黄的蕃薯、切成大片有弹力的面包……

郎华的夹衣上那样湿了，已湿的裤管拖着泥。鞋底通了孔，使得袜也湿了。

他上床暖一暖，脚伸在被子外面，我给他用一张破布擦着脚上冰凉的黑圈。

当他问我时，他和呆人一般，直直的腰也不弯：

“饿了吧？”

我几乎是哭了。我说：“不饿。”为了低头，我的脸几乎接触到他冰凉的脚掌。

他的衣服完全湿透，所以我到马路旁去买馒头。就在光身的木桌上，刷牙缸冒着气，刷牙缸伴着我们把馒头吃完。馒头既然吃完，桌上的铜板也要被吃掉似的。他问我：

“够不够？”

我说：“够了。”我问他：“够不够？”

他也说：“够了。”

隔壁的手风琴唱起来，它唱的是生活的痛苦吗？手风琴凄凄凉凉地唱呀！

登上桌子，把小窗打开。这小窗是通过人间的孔道：楼顶，烟囱，飞着雪沉重而浓黑的天空，路灯，警察，街车，小贩，乞丐，一切显现在这小孔道，繁繁忙忙的市街发着响。

隔壁的手风琴在我们耳里不存在了。

# 提篮者

提篮人，他的大篮子，长形面包，圆面包……每天早晨他带来诱人的麦香，等在过道。

我数着……三个，五个，十个……把所有的铜板给了他。一块黑面包摆在桌子上。郎华回来第一件事，他在面包上掘了一个洞，连帽子也没脱，就嘴里嚼着，又去找白盐。他从外面带进来的冷空气发着腥味。他吃面包，鼻子时时滴下清水滴。

“来吃啊！”

“就来。”我拿了刷牙缸，跑下楼去倒开水。回来时，面包差不多只剩硬壳在那里。他紧忙说：

“我吃得真快，怎么吃得这样快？真自私，男人真自私。”只端起牙缸来喝水，他再不吃了！我再叫他吃他也不吃。只说：

“饱了，饱了！吃去你的一半还不够吗？男人不好，只顾自己。你的病刚好，一定要吃饱的。”

他给我讲他怎样要开一个“学社”，教武术，还教什么什么……这时候，他的手已凑到面包壳上去，并且另一只手也来了！扭了一块下去，已经送到嘴里，已经咽下他也没有发觉；第二次又来扭，可是说了：

“我不应该再吃，我已经吃饱。”

他的帽子仍没有脱掉，我替他脱了去，同时送一块面包皮到他的嘴上。

喝开水，他也是一直喝，等我向他要，他才给我。

“晚上，我领你到饭馆去吃。”我觉得很奇怪，没钱怎么可以到饭馆去吃呢！

“吃完就走，这年头不吃还饿死？”他说完，又去倒开水。

第二天，挤满面包的大篮子已等在过道。我始终没推开门。门外有别人在买，即使不开门，我也好像嗅到麦香。对面包，我害怕起来，不是我想吃面包，怕是面包要吞了我。

“列巴，列巴！”哈尔滨叫面包做“列巴”，卖面包的人打着我们的门在招呼。带着心惊，买完了说：

“明天给你钱吧，没有零钱。”

星期日，家庭教师也休息。只有休息，连早饭也没有。提篮人在打门，郎华跳下床去，比猫跳得更得法，轻快，无声。我一动不动，“列巴”就摆在门口。郎华光着脚，只穿一件短裤，衬衣搭在肩上，胸膛露在外面。

一块黑面包，一角钱。我还要五分钱的“列巴圈”，那人用绳穿起来。我还说：“不用，不用。”我打算就要吃了！我伏在床上，把头抬起来，正像见了桑叶而抬头的蚕一样。

可是，立刻受了打击，我眼看着那人从郎华的手上把面包夺回去，五个“列巴圈”也夺回去。

“明早一起取钱不行吗？”

“不行，昨天那半角也给我吧！”

我充满口涎的舌头向嘴唇舐了几下，不但“列巴圈”没有吃到，把所有的铜板又都带走了。

“早饭吃什么呀？”

“你说吃什么？”锁好门，他回到床上时，冰冷的身子贴住我。

# 茶食店

黄桷树镇上开了两家茶食店，一家先开的，另一家稍稍晚了两天。第一家的买卖不怎样好，因为那吃饭用的刀叉虽然还是闪光闪亮的外来品，但是别的玩艺不怎样全，就是说比方装胡椒粉那种小瓷狗之类都没有，酱油瓶是到临用的时候，从这张桌又拿到那张桌的乱拿。墙上甚么画也没有，只有一张好似从糖盒子上掀下来的花纸似的那么一张外国美人图，有一尺长不到半尺宽那么大，就用一个图钉钉在墙上的，其余这屋里的装饰还有一棵大芭蕉。

这芭蕉第一天是绿的，第二天是黄的，第三天就腐烂了。

吃饭的人，第一天彼此说"还不错"，第二天就说苍蝇太多了一点，又过了一两天，人们就对着那白盘子里炸着的两块茄子，翻来覆去的看，用刀尖割一下，用叉子去叉一下。

"这是什么东西呢，两块茄子，两块洋山芋，这也算是一个菜吗？就这玩艺也要四角五分钱？真是天晓得。"

这西餐馆只开了三五日，镇上的人都感到不大满意了。

这二家一开，那些镇上的从城里躲轰炸而来往在此地的人和一些设在这镇上学校或别的办公厅的一些职员，当天的晚饭就在这里吃的。

盘子、碗、桌布、茶杯、糖罐、酱醋瓶、连装烟灰的瓷碟，都聚了三四个人在那里抢着看，……这家与那家的确不同，是里外两间屋，厨房在什么地方，使人看不见，煎菜的油烟也闻不到，墙上挂着两张画像是老板自己画的，看起来老板颇懂艺术……并且刚一开业，就开了留声机，这留声机已经好几个月没有听过了。从五四轰炸起，人们来到了这镇上，过的就是乡下人的生活。这回一听好像这留声机非常好，唱片也好像是全新的，声音特别清楚。

一个汤上来了，“不错，真是味道……”

第二个是猪排，这猪排和木片似的，有的人就你看看我，我看看你，想要对这猪排讲点坏话。可是那唱着的是一个外国歌，很愉快，那调子带了不少高低的转弯，好像从来也未听过似的那样好听，所以便对这硬的味道也没有的猪排，大家也就吃下去了。

奶油和冰淇淋似的，又甜又凉，涂在面包上，很有一种清凉的气味，好像涂的是果子酱；那面包拿在手里不用动手去撕就往下掉着碎末，像用锯末做的似的。大概是和利华药皂放在一起运来的，但也还好吃，因为它终究是面包，终究不是别的甚么馒头之类呀！

坐在这茶食店的里间里，那张长桌一端上的主人，从小白盘子里拿起账单看了一看。

共统请了八位客人，才八块多钱。

“这不多。”他说，从口袋里取出十元票子来。

别人把眼睛转过去，也说：

“这不多……不算贵。”

临出来时，推开门，还有一个顶愿意对甚么东西都估价的，还回头看了看那摆在门口的痰盂。他说：“这家到底不错，就这一只痰盂吧，也要十几块钱。”（其实就是上海卖八角钱一个的）

这一次晚餐，一个主人和他的七八个客人都没吃饱，但彼此都不发表，都说：

“明天见，明天见。”

他们大家各自走散开了，一边走着一边有人从喉管往上冲着利华皂的气味，但是他们想：“这不贵的，这倒不是西餐吗！”而且那屋子多么像个西餐的样子，墙上有两张外国画，还有瓷痰盂，还有玻璃杯，那先开的那家还成吗？还像样子吗？那买卖还成吗？

他们脑筋闹得很忙乱回家去了。

# 第五章

# 生死一场

鲁迅先生呼喘的声音，不用走到他的旁边，一进了卧室就听得到的。鼻子和胡须在扇着，胸部一起一落。眼睛闭着，差不多永久不离开手的纸烟，也放弃了。藤椅后边靠着枕头，鲁迅先生的头有些向后，两只手空闲地垂着。眉头仍和平日一样没有聚皱，脸上是平静的，舒展的，似乎并没有任何痛苦加在身上。

# 回忆鲁迅先生

鲁迅先生的笑声是明朗的，是从心里的欢喜。若有人说了什么可笑的话，鲁迅先生笑的连烟卷都拿不住了，常常是笑的咳嗽起来。

鲁迅先生走路很轻捷，尤其他人记得清楚的，是他刚抓起帽子来往头上一扣，同时左腿就伸出去了，仿佛不顾一切地走去。

鲁迅先生不大注意人的衣裳，他说："谁穿什么衣裳我看不见得……"

鲁迅先生生的病，刚好了一点，他坐在躺椅上，抽着烟，那天我穿着新奇的大红的上衣，很宽的袖子。

鲁迅先生说："这天气闷热起来，这就是梅雨天。"他把他装在象牙烟嘴上的香烟，又用手装得紧一点，往下又说了别的。

许先生忙着家务，跑来跑去，也没有对我的衣裳加以鉴赏。

于是我说："周先生，我的衣裳漂亮不漂亮？"

鲁迅先生从上往下看了一眼："不大漂亮。"

过了一会又接着说："你的裙子配的颜色不对，并不是红上衣不好看，各种颜色都是好看的，红上衣要配红裙子，不然就是黑裙子，咖啡色的就不行了；这两种颜色放在一起很浑浊……你没看到外国人在街上走的吗？绝没有下边穿一件绿裙子，上边穿一件紫上衣，也没有穿一件红裙子而后穿一件白上衣的……”

鲁迅先生就在躺椅上看着我：“你这裙子是咖啡色的，还带格子，颜色浑浊得很，所以把红色衣裳也弄得不漂亮了。”

“……人瘦不要穿黑衣裳，人胖不要穿白衣裳；脚长的女人一定要穿黑鞋子，脚短就一定要穿白鞋子；方格子的衣裳胖人不能穿，但比横格子的还好；横格子的胖人穿上，就把胖子更往两边裂着，更横宽了，胖子要穿竖条子的，竖的把人显得长，横的把人显的宽……”

那天鲁迅先生很有兴致，把我一双短统靴子也略略批评一下，说我的短靴是军人穿的，因为靴子的前后都有一条线织的拉手，这拉手据鲁迅先生说是放在裤子下边的……我说：“周先生，为什么那靴子我穿了多久了而不告诉我，怎么现在才想起来呢？现在我不是不穿了吗？我穿的这不是另外的鞋吗？”

“你不穿我才说的，你穿的时候，我一说你该不穿了。”

那天下午要赴一个筵会去，我要许先生给我找一点布条或绸条束一束头发。许先生拿了来米色的绿色的还有桃红色的。经我和许先生共同选定的是米色的。为着取美，把那桃红色的，许先生举起来放在我的头发上，并且许先生很开心地说着：

“好看吧！多漂亮！”

我也非常得意，很规矩又顽皮地在等着鲁迅先生往这边看我们。

鲁迅先生这一看，脸是严肃的，他的眼皮往下一放向着我们这边看着：

“不要那样装饰她……”

许先生有点窘了。

我也安静下来。

鲁迅先生在北平教书时，从不发脾气，但常常好用这种眼光看人，许先生常跟我讲。她在女师大读书时，周先生在课堂上，一生气就用眼睛往下一掠，看着他们，这种眼光是鲁迅先生在记范爱农先生的文字曾自己述说过，而谁曾接触过这种眼光的人就会感到一个时代的全智者的催逼。

我开始问：“周先生怎么也晓得女人穿衣裳的这些事情呢？”

“看过书的，关于美学的。”

“什么时候看的……”

“大概是在日本读书的时候……”

“买的书吗？”

“不一定是买的，也许是从什么地方抓到就看的……”

“看了有趣味吗？！”

“随便看看……”

“周先生看这书做什么？”

“……”没有回答，好像很难以答。

许先生在旁说：“周先生什么书都看的。”

在鲁迅先生家里作客人，刚开始是从法租界来到虹口，搭电车也要差不多一个钟头的工夫，所以那时候来的次数比较少。记得有一次谈到半夜了，一过十二点电车就没有的，但那天不知讲了些什么，讲到一个段落就看看旁边小长桌上的圆钟，十一点半了，十一点四十五分了，电车没有了。

“反正已十二点，电车也没有，那么再坐一会。”许先生如此劝着。

鲁迅先生好像听了所讲的什么引起了幻想，安顿地举着象牙烟嘴在沉思着。

一点钟以后，送我（还有别的朋友）出来的是许先生，外边下着的蒙蒙的小雨，弄堂里灯光全然灭掉了，鲁迅先生嘱咐许先生一定让坐小汽车回去，并且一定嘱咐许先生付钱。

以后也住到北四川路来，就每夜饭后必到大陆新村来了，刮风的天，下雨的天，几乎没有间断的时候。

鲁迅先生很喜欢北方饭，还喜欢吃油炸的东西喜欢吃硬的东西，就是后来生病的时候，也不大吃牛奶。鸡汤端到旁边用调羹舀了一二下就算了事。

有一天约好我去包饺子吃，那还是住在法租界，所以带了外国酸菜和用绞肉机绞成的牛肉，就和许先生站在客厅后边的方桌边包起来。海婴公子围着闹的起劲，一会按成圆饼的面拿去了，他说做了一只船来，送在我们的眼前，我们不看他，转身他又做了一只小鸡。许先生和我都不去看他，对他竭力避免加以赞美，若一赞美起来，怕他更做的起劲。

客厅后边没到黄昏就先黑了，背上感到些微微的寒凉，知道衣裳不够了，但为着忙，没有加衣裳去。等把饺子包完了看看那数目并不多，这才知道许先生我们谈话谈得太多，误了工作。许先生怎样离开家的，怎样到天津读书的，在女师大读书时怎样做了家庭教师。她去考家庭教师的那一段描写，非常有趣，只取一名，可是考了好几十名，她之能够当选算是难的了。指望对于学费有点补助，冬天来了，北平又冷，那家离学校又远，每月除了车子钱之外，若伤风感冒还得自己拿出买阿司匹林的钱来，每月薪金十元要从西城跑到东城……

饺子煮好，一上楼梯，就听到楼上明朗的鲁迅先生的笑声冲下楼梯来，原来有几个朋友在楼上也正谈得热闹。那一天吃得是很好的。

以后我们又做过韭菜合子，又做过荷叶饼，我一提议鲁迅先生必然赞成，而我做的又不好，可是鲁迅先生还是在桌上举着筷子问许先生："我再吃几个吗？"

因为鲁迅先生胃不大好，每饭后必吃"脾自美"药丸一二粒。

有一天下午鲁迅先生正在校对着瞿秋白的《海上述林》，我一走进卧室去，从那圆转椅上鲁迅先生转过来了，向着我，还微微站起了一点。

"好久不见，好久不见。"一边说着一边向我点头。

刚刚我不是来过了吗？怎么会好久不见？就是上午我来的那次周先生忘记

了，可是我也每天来呀……怎么都忘记了吗？

周先生转身坐在躺椅上才自己笑起来，他是在开着玩笑。

梅雨季，很少有晴天，一天的上午刚一放晴，我高兴极了，就到鲁迅先生家去了，跑得上楼还喘着。鲁迅先生说：

“来啦！”我说：“来啦！”

我喘着连茶也喝不下。

鲁迅先生就问我：

“有什么事吗？”

我说：“天晴啦，太阳出来啦。”

许先生和鲁迅先生都笑着，一种对于冲破忧郁心境的崭然的会心的笑。

海婴一看到我非拉我到院子里和他一道玩不可，拉我的头发或拉我的衣裳。

为什么他不拉别人呢？据周先生说：“他看你梳着辫子，和他差不多，别人在他眼里都是大人，就看你小。”

许先生问着海婴：“你为什么喜欢她呢？不喜欢别人？”

“她有小辫子。”说着就来拉我的头发。

鲁迅先生家生客人很少，几乎没有，尤其是住在他家里的人更没有。一个礼拜六的晚上，在二楼上鲁迅先生的卧室里摆好了晚饭，围着桌子坐满了人。每逢礼拜六晚上都是这样的，周建人先生带着全家来拜访的。在桌子边坐着一个很瘦的很高的穿着中国小背心的人，鲁迅先生介绍说：“这是位同乡，是商人。”

初看似乎对的，穿着中国裤子，头发剃的很短。当吃饭时，他还让别人酒，也给我倒一盅，态度很活泼，不大像个商人；等吃完了饭，又谈到《伪自由书》及《二心集》。这个商人，开明得很，在中国不常见。没有见过的就总不大放心。

下一次是在楼下客厅后的方桌上吃晚饭，那天很晴，一阵阵的刮着热风，虽然黄昏了，客厅后还不昏黑。鲁迅先生是新剪的头发，还能记得桌上有一盘黄花鱼，大概是顺着鲁迅先生的口味，是用油煎的。鲁迅先生前面摆着一碗酒，酒碗是扁扁的，好像用做吃饭的饭碗。那位商人先生也能喝酒，酒瓶就站在他的旁边。他说蒙古人什么样，苗人什么样，从西藏经过时，那西藏女人见了男人追她，她就如何如何。

这商人可真怪，怎么专门走地方，而不做买卖？并且鲁迅先生的书他也全读过，一开口这个，一开口那个。并且海婴叫他 × 先生，我一听那 × 字就明白他是谁了。× 先生常常回来得很迟，从鲁迅先生家里出来，在弄堂里遇到了几次。

有一天晚上 × 先生从三楼下来，手里提着小箱子，身上穿着长袍子，站在鲁迅先生的面前，他说他要搬了。他告了辞，许先生送他下楼去了。这时候周先生在地板上绕了两个圈子，问我说：

“你看他到底是商人吗？”

“是的。”我说。

鲁迅先生很有意思的在地板上走几步，而后向我说：“他是贩卖私货的商人，是贩卖精神上的……”

× 先生走过二万五千里回来的。

青年人写信，写得太草率，鲁迅先生是深恶痛绝之的。

“字不一定要写得好，但必须得使人一看了就认识，年轻人现在都太忙了……他自己赶快胡乱写完了事，别人看了三遍五遍看不明白，这费了多少工夫，他不管。反正这费了工夫不是他的。这存心是不太好的。”

但他还是展读着每封由不同角落里投来的青年的信，眼睛不济时，便戴起眼镜来看，常常看到夜里很深的时光。

鲁迅先生坐在 ×× 电影院楼上的第一排，那片名忘记了，新闻片是苏联纪念五一节的红场。

“这个我怕看不到的……你们将来可以看得到。”鲁迅先生向我们周围的人说。

珂勒惠支的画，鲁迅先生最佩服，同时也很佩服她的做人。珂勒惠支受希特拉的压迫，不准她做教授，不准她画画，鲁迅先生常讲到她。

史沫特烈，鲁迅先生也讲到，她是美国女子，帮助印度独立运动，现在又在援助中国。

鲁迅先生介绍人去看的电影:《夏伯阳》,《复仇艳遇》……其余的如《人猿泰山》……或者非洲的怪兽这一类的影片，也常介绍给人的。鲁迅先生说:“电影没有什么好的，看看鸟兽之类倒可以增加些对于动物的知识。”

鲁迅先生不游公园，住在上海十年，兆丰公园没有进过。虹口公园这么近也没有进过。春天一到了，我常告诉周先生，我说公园里的土松软了，公园里的风多么柔和。周先生答应选个晴好的天气，选个礼拜日，海婴休假日，好一道去，坐一乘小汽车一直开到兆丰公园，也算是短途旅行。但这只是想着而未有做到，并且把公园给下了定义。鲁迅先生说:“公园的样子我知道的……一进门分做两条路，一条通左边，一条通右边，沿着路种着点柳树什么树的，树下摆着几张长椅子，再远一点有个水池子。”

我是去过兆丰公园的，也去过虹口公园或是法国公园的，仿佛这个定义适用在任何国度的公园设计者。

鲁迅先生不戴手套，不围围巾，冬天穿着黑土蓝的棉布袍子，头上戴着灰色毡帽，脚穿黑帆布胶皮底鞋。

胶皮底鞋夏天特别热，冬天又凉又湿，鲁迅先生的身体不算好，大家都提议把这鞋子换掉。鲁迅先生不肯，他说胶皮底鞋子走路方便。

“周先生一天走多少路呢？也不就一转弯到 ××× 书店走一趟吗？”

鲁迅先生笑而不答。

“周先生不是很好伤风吗？不围巾子，风一吹不就伤风了吗？”

鲁迅先生这些个都不习惯，他说：

“从小就没戴过手套围巾，戴不惯。”

鲁迅先生一推开门从家里出来时，两只手露在外边，很宽的袖口冲着风就向前走，腋下夹着个黑绸子印花的包袱，里边包着书或者是信，到老靶子路书店去了。

那包袱每天出去必带出去，回来必带回来。出去时带着给青年们的信，回来又从书店带来新的信和青年请鲁迅先生看的稿子。

鲁迅先生抱着印花包袱从外边回来，还提着一把伞，一进门客厅早坐着客人，把伞挂在衣架上就陪客人谈起话来。谈了很久了，伞上的水滴顺着伞杆在地板上已经聚了一堆水。

鲁迅先生上楼去拿香烟，抱着印花包袱，而那把伞也没有忘记，顺手也带到楼上去。

鲁迅先生的记忆力非常之强，他的东西从不随便散置在任何地方。鲁迅先生很喜欢北方口味。许先生想请一个北方厨子，鲁迅先生以为开销太大，请不得的，男佣人，至少要十五元钱的工钱。

所以买米买炭都是许先生下手。我问许先生为什么用两个女佣人都是年老的，都是六七十岁的？许先生说她们做惯了，海婴的保姆，海婴几个月时就在这里。

正说着那矮胖胖的保姆走下楼梯来了，和我们打了个迎面。

“先生，没吃茶吗？”她赶快拿了杯子去倒茶，那刚刚下楼时气喘的声音还在喉管里咕噜咕噜的，她确实年老了。

来了客人，许先生没有不下厨房的，菜食很丰富，鱼，肉……都是用大碗装着，起码四五碗，多则七八碗。可是平常就只三碗菜：一碗素炒豌豆苗，一碗笋炒咸菜，再一碗黄花鱼。

这菜简单到极点。

鲁迅先生的原稿，在拉都路一家炸油条的那里用着包油条，我得到了一张，是译《死魂灵》的原稿，写信告诉了鲁迅先生。鲁迅先生不以为希奇，许先生倒很生气。

鲁迅先生出书的校样，都用来揩桌，或做什么的。请客人在家里吃饭，吃到半道，鲁迅先生回身去拿来校样给大家分着。客人接到手里一看，这怎么可以？鲁迅先生说：

"擦一擦，拿着鸡吃，手是腻的。"

到洗澡间去，那边也摆着校样纸。

许先生从早晨忙到晚上，在楼下陪客人，一边还手里打着毛线。不然就是一边谈着话一边站起来用手摘掉花盆里花上已干枯了的叶子。许先生每送一个客人，都要送到楼下门口，替客人把门开开，客人走出去而后轻轻地关了门再上楼来。

来了客人还到街上去买鱼或买鸡，买回来还要到厨房里去工作。

鲁迅先生临时要寄一封信，就得许先生换起皮鞋子来到邮局或者大陆新村旁边信筒那里去。落着雨天，许先生就打起伞来。

许先生是忙的，许先生的笑是愉快的，但是头发有一些是白了的。

夜里去看电影，施高塔路的汽车房只有一辆车，鲁迅先生一定不坐，一定让我们坐。许先生，周建人夫人……海婴，周建人先生的三位女公子。我们上车了。

鲁迅先生和周建人先生，还有别的一二位朋友在后边。

看完了电影出来，又只叫到一部汽车，鲁迅先生又一定不肯坐，让周建人先生的全家坐着先走了。

鲁迅先生旁边走着海婴，过了苏州河的大桥去等电车去了。等了二三十分钟电车还没有来，鲁迅先生依着沿苏州河的铁栏杆坐在桥边的石围上了，并且拿出香烟来，装上烟嘴，悠然地吸着烟。

海婴不安地来回地乱跑，鲁迅先生还招呼他和自己并排坐下。

鲁迅先生坐在那和一个乡下的安静老人一样。

鲁迅先生吃的是清茶，其余不吃别的饮料。咖啡、可可、牛奶、汽水之类，家里都不预备。

鲁迅先生陪客人到深夜，必同客人一道吃些点心。那饼干就是从铺子里买来的，装在饼干盒子里，到夜深许先生拿着碟子取出来，摆在鲁迅先生的书桌上。吃完了，许先生打开立柜再取一碟。还有向日葵子差不多每来客人必不可少。鲁迅先生一边抽着烟，一边剥着瓜子吃，吃完了一碟鲁迅先生必请许先生再拿一碟来。

鲁迅先生备有两种纸烟，一种价钱贵的，一种便宜的。便宜的是绿听子的，我不认识那是什么牌子，只记得烟头上带着黄纸的嘴，每五十支的价钱大概是四角到五角，是鲁迅先生自己平日用的。另一种是白听子的，是前门烟，用来招待客人的，白听烟放在鲁迅先生书桌的抽屉里。来客人鲁迅先生下楼，把它带到楼下去，客人走了，又带回楼上来照样放在抽屉里。而绿听子的永远放在书桌上，是鲁迅先生随时吸着的。

鲁迅先生的休息，不听留声机，不出去散步，也不倒在床上睡觉，鲁迅先生自己说：

“坐在椅子上翻一翻书就是休息了。”

鲁迅先生从下午二三点钟起就陪客人，陪到五点钟，陪到六点钟，客人若在家吃饭，吃完饭又必要在一起喝茶，或者刚刚吃完茶走了，或者还没走又来了客人，于是又陪下去，陪到八点钟，十点钟，常常陪到十二点钟。从下午三点钟起，陪到夜里十二点，这么长的时间，鲁迅先生都是坐在藤躺椅上，不断地吸着烟。

客人一走，已经是下半夜了，本来已经是睡觉的时候了，可是鲁迅先生正要开始工作。

在工作之前，他稍微阖一阖眼睛，燃起一支烟来，躺在床边上，这一支烟还没有吸完，许先生差不多就在床里边睡着了。（许先生为什么睡得这样快？因为第二天早晨六七点钟就要来管理家务。）海婴这时在三楼和保姆一道睡着了。

全楼都寂静下去，窗外也一点声音没有了，鲁迅先生站起来，坐到书桌边，在那绿色的台灯下开始写文章了。许先生说鸡鸣的时候，鲁迅先生还是坐着，街上的汽车嘟嘟地叫起来了，鲁迅先生还是坐着。

有时许先生醒了，看着玻璃窗白萨萨的了，灯光也不显得怎么亮了，鲁迅先生的背影不像夜里那样高大。

鲁迅先生的背影是灰黑色的，仍旧坐在那里。

人家都起来了，鲁迅先生才睡下。

海婴从三楼下来了，背着书包，保姆送他到学校去，经过鲁迅先生的门前，保姆总是吩咐他说：

“轻一点走，轻一点走。”

鲁迅先生刚一睡下，太阳就高起来了，太阳照着隔院子的人家，明亮亮的，照着鲁迅先生花园的夹竹桃，明亮亮的。

鲁迅先生的书桌整整齐齐的，写好的文章压在书下边，毛笔在烧瓷的小龟背上站着。

一双拖鞋停在床下，鲁迅先生在枕头上边睡着了。

鲁迅先生喜欢吃一点酒，但是不多吃，吃半小碗或一碗。鲁迅先生吃的是中国酒，多半是花雕。

老靶子路有一家小吃茶店，只有门面一间，在门面里边设座，座少，安静，光线不充足，有些冷落。鲁迅先生常到这里吃茶店来，有约会多半是在这里边，老板是犹太也许是白俄，胖胖的，中国话大概他听不懂。

鲁迅先生这一位老人，穿着布袍子，有时到这里来，泡一壶红茶，和青年人坐在一道谈了一两个钟头。

有一天鲁迅先生的背后那茶座里边坐着一位摩登女子，身穿紫裙子黄衣裳，头戴花帽子……那女子临走时，鲁迅先生一看她，用眼瞪着她，很生气地看了她半天。而后说：

“是做什么的呢？”

鲁迅先生对于穿着紫裙子黄衣裳，花帽子的人就是这样看法的。

鬼到底是有的没有的？传说上有人见过，还跟鬼说过话，还有人被鬼在后边追赶过，吊死鬼一见了人就贴在墙上。但没有一个人捉住一个鬼给大家看看。

鲁迅先生讲了他看见过鬼的故事给大家听：

“是在绍兴……”鲁迅先生说，“三十年前……”

那时鲁迅先生从日本读书回来，在一个师范学堂里也不知是什么学堂里教书，晚上没有事时，鲁迅先生总是到朋友家去谈天。这朋友住的离学堂几里路，几里路不算远，但必得经过一片坟地。谈天有的时候就谈得晚了，十一二点钟才回学堂的事也常有，有一天鲁迅先生就回去得很晚，天空有很大的月亮。

鲁迅先生向着归路走得很起劲时，往远处一看，远远有一个白影。

鲁迅先生不相信鬼的，在日本留学时是学的医，常常把死人抬来解剖的，鲁迅先生解剖过二十几个，不但不怕鬼，对死人也不怕，所以对坟地也就根本不怕。仍旧是向前走的。

走了不几步，那远处的白影没有了，再看突然又有了。并且时小时大，时高时低，正和鬼一样。鬼不就是变幻无常的吗？

鲁迅先生有点踌躇了，到底向前走呢？还是回过头来走？

本来回学堂不止这一条路，这不过是最近的一条就是了。

鲁迅先生仍是向前走，到底要看一看鬼是什么样，虽然那时候也怕了。

鲁迅先生那时从日本回来不久，所以还穿着硬底皮鞋。鲁迅先生决心要给那鬼一个致命的打击，等走到那白影旁边时，那白影缩小了，蹲下了，一声不响地靠住了一个坟堆。

鲁迅先生就用了他的硬皮鞋踢了出去。

那白影噢的一声叫起来，随着就站起来，鲁迅先生定眼看去，他却是个人。

鲁迅先生说在他踢的时候，他是很害怕的，好像若一下不把那东西踢死，自己反而会遭殃的，所以用了全力踢出去。

原来是个盗墓子的人在坟场上半夜作着工作。

鲁迅先生说到这里就笑了起来。

“鬼也是怕踢的，踢他一脚就立刻变成人了。”

我想，倘若是鬼常常让鲁迅先生踢踢倒是好的，因为给了他一个做人的机会。

从福建菜馆叫的菜，有一碗鱼做的丸子。

海婴一吃就说不新鲜，许先生不信，别的人也都不信。因为那丸子有的新鲜，有的不新鲜，别人吃到嘴里的恰好都是没有改味的。

许先生又给海婴一个，海婴一吃，又不是好的，他又嚷嚷着。别人都不注意，鲁迅先生把海婴碟里的拿来尝尝，果然不是新鲜的。鲁迅先生说：

“他说不新鲜，一定也有他的道理，不加以查看就抹杀是不对的。”

以后我想起这件事来，私下和许先生谈过，许先生说：“周先生的做人，真是我们学不了的。哪怕一点点小事。”

鲁迅先生包一个纸包也要包得整整齐齐，常常把要寄出的书，鲁迅先生从许先生手里拿过来自己包，许先生本来包得多么好，而鲁迅先生还要亲自动手。

鲁迅先生把书包好了，用细绳捆上，那包方方正正的，连一个角也不准歪一点或扁一点，而后拿着剪刀，把捆书的那绳头都剪得整整齐齐。

就是包这书的纸都不是新的，都是从街上买东西回来留下来的。许先生上街回来把买来的东西一打开随手就把包东西的牛皮纸折起来，随手把小细绳卷了一个卷。若小细绳上有一个疙瘩，也要随手把它解开的。准备着随时用随时方便。

鲁迅先生住的是大陆新村九号。

一进弄堂口，满地铺着大方块的水门汀，院子里不怎样嘈杂，从这院子出入的有时候是外国人，也能够看到外国小孩在院子里零星的玩着。

鲁迅先生隔壁挂着一块大的牌子，上面写着一个“茶”字。

在一九三五年十月一日。

鲁迅先生的客厅里摆着长桌，长桌是黑色的，油漆不十分新鲜，但也并不破旧，桌上没有铺什么桌布，只在长桌的当心摆着一个绿豆青色的花瓶，花瓶里长着几株大叶子的万年青。围着长桌有七八张木椅子。尤其是在夜里，全弄堂一点什么声音也听不到。

那夜，就和鲁迅先生和许先生一道坐在长桌旁边喝茶的。当夜谈了许多关于伪满洲国的事情，从饭后谈起，一直谈到九点钟十点钟而后到十一点钟。时时想退出来，让鲁迅先生好早点休息，因为我看出来鲁迅先生身体不大好，又加上听许先生说过，鲁迅先生伤风了一个多月，刚好了的。

但鲁迅先生并没有疲倦的样子。虽然客厅里也摆着一张可以卧倒的藤椅，我们劝他几次想让他坐在藤椅上休息一下，但是他没有去，仍旧坐在椅子上。并且还上楼一次，去加穿了一件皮袍子。

那夜鲁迅先生到底讲了些什么，现在记不起来了。也许想起来的不是那夜讲的而是以后讲的也说不定。过了十一点，天就落雨了，雨点淅沥淅沥地打在玻璃窗上，窗子没有窗帘，所以偶一回头，就看到玻璃窗上有小水流往下流。夜已深了，并且落了雨，心里十分着急，几次站起来想要走，但是鲁迅先生和许先生一再说再坐一下："十二点以前终归有车子可搭的。"所以一直坐到将近十二点，才穿起雨衣来，打开客厅外边的响着的铁门，鲁迅先生非要送到铁门外不可。我想为什么他一定要送呢？对于这样年轻的客人，这样的送是应该的吗？雨不会打湿了头发，受了寒伤风不又要继续下去吗？站在铁门外边，鲁迅先生说，并且指着隔壁那家写着"茶"字的大牌子："下次来记住这个'茶'字，就是这个'茶'的隔壁。"而且伸出手去，几乎是触到了钉在锁门旁边的那个九号的"九"字，"下次来记住茶的旁边九号。"

于是脚踏着方块的水门汀，走出弄堂来，回过身去往院子里边看了一看，鲁迅先生那一排房子统统是黑洞洞的，若不是告诉的那样清楚，下次来恐怕要记不住的。

鲁迅先生的卧室，一张铁架大床，床顶上遮着许先生亲手做的白布刺花的围子，顺着床的一边折着两床被子，都是很厚的，是花洋布的被面。挨着门口的床头的方面站着抽屉柜。一进门的左手摆着八仙桌，桌子的两旁藤椅各一，立柜站在和方桌一排的墙角，立柜本是挂衣服的，衣裳却很少，都让糖盒子、饼干桶子、瓜子罐给塞满了。有一次 ×× 老板的太太来拿版权的图章花，鲁迅先生就从立柜下边大抽屉里取出的。沿着墙角往窗子那边走，有一张装饰台，桌子上有一个方形的满浮着绿草的玻璃养鱼池，里边游着的不是金鱼而是灰色的扁肚子的小鱼。除了鱼池之外另有一只圆的表，其余那上边满装着书。铁床架靠窗子的那头的书柜里书柜外都是书。最后是鲁迅先生的写字台，那上边也都是书。

鲁迅先生家里，从楼上到楼下，没有一个沙发。鲁迅先生工作时坐的椅子是硬的，到楼下陪客人时坐的椅子又是硬的。

鲁迅先生的写字台面向着窗子，上海弄堂房子的窗子差不多满一面墙那么大，鲁迅先生把它关起来，因为鲁迅先生工作起来有一个习惯，怕吹风，风一吹，纸就动，时时防备着纸跑，文章就写不好。所以屋子里热得和蒸笼似的，请鲁迅先生到楼下去，他又不肯，鲁迅先生的习惯是不换地方。有时太阳照进来，许先生劝他把书桌移开一点都不肯。只有满身流汗。

鲁迅先生的写字桌，铺了张蓝格子的油漆布。四角都用图钉按着。桌子上有小砚台一方，墨一块，毛笔站在笔架上。笔架是烧瓷的，在我看来不很细致，是一个龟，龟背上带着好几个洞，笔就插在那洞里。鲁迅先生多半是用毛笔的，钢笔也不是没有，是放在抽屉里。桌上有一个方大的白瓷的烟灰盒，还有一个茶杯，杯子上戴着盖。

鲁迅先生的习惯与别人不同，写文章用的材料和来信都压在桌子上，把桌子都压得满满的，几乎只有写字的地方可以伸开手，其余桌子的一半被书或纸张占有着。

左手边的桌角上有一个带绿灯罩的台灯，那灯泡是横着装的，在上海那是极普通的台灯。

冬天在楼上吃饭，鲁迅先生自己拉着电线把台灯的机关从棚顶的灯头上拔下，而后装上灯泡子。等饭吃过，许先生再把电线装起来，鲁迅先生的台灯就是这样做成的，拖着一根长长的电线在棚顶上。

鲁迅先生的文章，多半是在这台灯下写。因为鲁迅先生的工作时间，多半是下半夜一两点起，天将明了休息。

卧室就是如此，墙上挂着海婴公子一个月婴孩的油画像。

挨着卧室的后楼里边，完全是书了，不十分整齐，报纸和杂志或洋装的书，都混在这间屋子里，一走进去多少还有些纸张气味。地板被书遮盖得太小了，几乎没有了，大网篮也堆在书中。墙上拉着一条绳子或者是铁丝，就在那上边系了小提盒、铁丝笼之类。风干荸荠就盛在铁丝笼，扯着的那铁丝几乎被压断了在弯弯着。一推开藏书室的窗子，窗子外边还挂着一筐风干荸荠。

“吃吧，多得很，风干的，格外甜。”许先生说。

楼下厨房传来了煎菜的锅铲的响声，并且两个年老的娘姨慢重重地在讲一些什么。

厨房是家庭最热闹的一部分。整个三层楼都是静静的，喊娘姨的声音没有，在楼梯上跑来跑去的声音没有。鲁迅先生家里五六间房子只住着五个人，三位是先生的全家，余下的二位是年老的女佣人。

来了客人都是许先生亲自倒茶，即或是麻烦到娘姨时，也是许先生下楼去吩咐，绝没有站到楼梯口就大声呼唤的时候。

所以整个房子都在静悄悄之中。

只有厨房比较热闹了一点，自来水哗哗地流着，洋瓷盆在水门汀的水池子上每拖一下磨着嚓嚓地响，洗米的声音也是嚓嚓的。鲁迅先生很喜欢吃竹笋的，在菜板上切着笋片笋丝时，刀刃每划下去都是很响的。其实比起别人家的厨房来却冷清极了，所以洗米声和切笋声都分开来听得样样清清晰晰。

客厅的一边摆着并排的两个书架，书架是带玻璃橱的，里边有朵斯托益夫斯基的全集和别的外国作家的全集，大半都是日文译本。地板上没有地毯，但擦得非常干净。

海婴公子的玩具橱也站在客厅里，里边是些毛猴子，橡皮人，火车汽车之类，里边装的满满的，别人是数不清的，只有海婴自己伸手到里边找些什么就有什么。过新年时在街上买的兔子灯，纸毛上已经落了灰尘了，仍摆在玩具橱顶上。

客厅只有一个灯头，大概五十烛光。客厅的后门对着上楼的楼梯，前门一打开有一个一方丈大小的花园，花园里没有什么花看，只有一株很高的七八尺高的小树，大概那树是柳桃，一到了春天，喜欢生长蚜虫，忙得许先生拿着喷蚊虫的机器，一边陪着谈话，一边喷着杀虫药水。沿着墙根，种了一排玉米，许先生说：“这玉米长不大的，这土是没有养料的，海婴一定要种。”

春天，海婴在花园里掘着泥沙，培植着各种玩艺。

三楼则特别静了，向着太阳开着两扇玻璃门，门外有一个水门汀的突出的小廊子，春天很温暖的抚摸着门口长垂着的帘子，有时帘子被风打得很高，飘扬的饱满的和大鱼泡似的。那时候隔院的绿树照进玻璃门扇里边来了。

海婴坐在地板上装着小工程师在修着一座楼房，他那楼房是用椅子横倒了架起来修的，而后遮起一张被单来算作屋瓦，全个房子在他自己拍着手的赞誉声中完成了。

这间屋感到些空旷和寂寞，既不像女工住的屋子，又不像儿童室。海婴的眠床靠着屋子的一边放着，那大圆顶帐子日里也不打起来，长拖拖的好像从棚顶一直拖到地板上，那床是非常讲究的，属于刻花的木器一类的。许先生讲过，租这房子时，从前一个房客转留下来的。海婴和他的保姆，就睡在五六尺宽的大床上。

冬天烧过的火炉，三月里还冷冰冰的在地板上站着。

海婴不大在三楼上玩的，除了到学校去，就是在院里踏脚踏车，他非常欢喜跑跳，所以厨房，客厅，二楼，他是无处不跑的。

三楼整天在高处空着，三楼的后楼住着另一个老女工，一天很少上楼来，所以楼梯擦过之后，一天到晚干净的溜明。

一九三六年三月里鲁迅先生病了，靠在二楼的躺椅上，心脏跳动得比平日厉害，脸色微灰了一点。

许先生正相反的，脸色是红的，眼睛显得大了，讲话的声音是平静的，态度并没有比平日慌张。在楼下一走进客厅来许先生就告诉说：

“周先生病了，气喘……喘得厉害，在楼上靠在躺椅上。”

鲁迅先生呼喘的声音，不用走到他的旁边，一进了卧室就听得到的。鼻子和胡须在扇着，胸部一起一落。眼睛闭着，差不多永久不离开手的纸烟，也放弃了。藤椅后边靠着枕头，鲁迅先生的头有些向后，两只手空闲地垂着。眉头仍和平日一样没有聚皱，脸上是平静的，舒展的，似乎并没有任何痛苦加在身上。

“来了吧？”鲁迅先生睁一睁眼睛，“不小心，着了凉呼吸困难……到藏书的房子去翻一翻书……那房子因为没有人住，特别凉……回来就……”

许先生看周先生说话吃力，赶紧接着说周先生是怎样气喘的。

医生看过了，吃了药，但喘并未停。下午医生又来过，刚刚走。

卧室在黄昏里边一点一点地暗下去，外边起了一点小风，隔院的树被风摇着发响。别人家的窗子有的被风打着发出自动关开的响声，家家的流水道都是哗啦哗啦的响着水声，一定是晚餐之后洗着杯盘的剩水。晚餐后该散步的散步去了，该会朋友的会友去了，弄堂里来去的稀疏不断地走着人，而娘姨们还没有解掉围裙呢，就依着后门彼此搭讪起来。小孩子们三五一伙前门后门地跑着，弄堂外汽车穿来穿去。

鲁迅先生坐在躺椅上，沉静地，不动地阖着眼睛，略微灰了的脸色被炉里的火染红了一点。纸烟听子蹲在书桌上，盖着盖子，茶杯也蹲在桌子上。

许先生轻轻地在楼梯上走着，许先生一到楼下去，二楼就只剩了鲁迅先生一个人坐在椅子上，呼喘把鲁迅先生的胸部有规律性的抬得高高的。

“鲁迅先生必得休息的。”须藤医生这样说的。可是鲁迅先生从此不但没有休息，并且脑子里所想的更多了，要做的事情都像非立刻就做不可，校《海上述林》的校样，印珂勒惠支的画，翻译《死魂灵》下部，刚好了，这些就都一起开始了，还计算着出三十年集（即鲁迅全集）。

鲁迅先生感到自己的身体不好，就更没有时间注意身体，所以要多作，赶快作。当时大家不解其中的意思，都以为鲁迅先生不加以休息不以为然，后来读了鲁迅先生《死》的那篇文章才了然了。

鲁迅先生知道自己的健康不成了，工作的时间没有几年了，死了是不要紧的，只要留给人类更多，鲁迅先生就是这样。

不久书桌上德文字典和日文字典都摆起来了，果戈里的《死魂灵》，又开始翻译了。

鲁迅先生的身体不大好，容易伤风，伤风之后，照常要陪客人，回信，校稿子。所以伤风之后总要拖下去一个月或半个月的。

瞿秋白的，《海上述林》校样，一九三五年冬，一九三六年的春天，鲁迅先生不断地校着，几十万字的校样，要看三遍，而印刷所送校样来总是十页八页的，并不是统统一道地送来，所以鲁迅先生不断地被这校样催索着，鲁迅先生竟说：

“看吧，一边陪着你们谈话，一边看校样，眼睛可以看，耳朵可以听……”

有时客人来了，一边说着笑话，鲁迅先生一边放下了笔。

有的时候也说：“几个字了……请坐一坐……”

一九三五年冬天许先生说：

“周先生的身体是不如从前了。”

有一次鲁迅先生到饭馆里去请客，来的时候兴致很好，还记得那次吃了一只烤鸭子，整个的鸭子用大钢叉子叉上来时，大家看这鸭子烤的又油又亮的，鲁迅先生也笑了。

菜刚上满了，鲁迅先生就到躺椅上吸一支烟，并且阖一阖眼睛。一吃完了饭，有的喝了酒的，大家都闹乱了起来，彼此抢着苹果，彼此讽刺着玩，说着一些人可笑的话。而鲁迅先生这时候，坐在躺椅上，阖着眼睛，很庄严地在沉默着，让拿在手上纸烟的烟丝，袅袅地上升着。

别人以为鲁迅先生也是喝多了酒吧！

许先生说，并不的。

“周先生的身体是不如从前了，吃过了饭总要闭一闭眼睛稍微休息一下，从前一向没有这习惯。”

周先生从椅子上站起来了，大概说他喝多了酒的话让他听到了。

“我不多喝酒的。小的时候，母亲常提到父亲喝了酒，脾气怎样坏，母亲说，长大了不要喝酒，不要像父亲那样子……所以我不多喝的……从来没喝醉过……”

鲁迅先生休息好了，换了一支烟，站起来也去拿苹果吃，可是苹果没有了。鲁迅先生说：

“我争不过你们了，苹果让你们抢没了。”

有人抢到手的还在保存着的苹果，奉献出来，鲁迅先生没有吃，只在吸烟。

一九三六年春，鲁迅先生的身体不大好，但没有什么病，吃过了夜饭，坐在躺椅上，总要闭一闭眼睛沉静一会。

许先生对我说，周先生在北平时，有时开着玩笑，手按着桌子一跃就能够跃过去，而近年来没有这么做过。大概没有以前那么灵便了。

这话许先生和我是私下讲的：鲁迅先生没有听见，仍靠在躺椅上沉默着呢。

许先生开了火炉门，装着煤炭哗哗地响，把鲁迅先生震醒了。一讲起话来鲁迅先生的精神又照常一样。

鲁迅先生睡在二楼的床上已经一个多月了，气喘虽然停止。但每天发热，尤其是在下午热度总在三十八度三十九度之间，有时也到三十九度多，那时鲁迅先生的脸是微红的，目力是疲弱的，不吃东西，不大多睡，没有一些呻吟，似乎全身都没有什么痛楚的地方。躺在床上的时候张开眼睛看着，有的时候似睡非睡的安静地躺着，茶吃得很少。差不多一刻也不停地吸烟，而今几乎完全放弃了，纸烟听子不放在床边，而仍很远的蹲在书桌上，若想吸一支，是请许先生付给的。

许先生从鲁迅先生病起，更过度地忙了。按着时间给鲁迅先生吃药，按着时间给鲁迅先生试温度表，试过了之后还要把一张医生发给的表格填好，那表格是一张硬纸，上面画了无数根线，许先生就在这张纸上拿着米度尺画着度数，那表画得和尖尖的小山丘似的，又像尖尖的水晶石，高的低的一排连地站着。许先生虽每天画，但那像是一条接连不断的线，不过从低处到高处，从高处到低处，这高峰越高越不好，也就是鲁迅先生的热度越高了。

来看鲁迅先生的人，多半都不到楼上来了，为的请鲁迅先生好好地静养，所以把客人这些事也推到许先生身上来了。还有书、报、信，都要许先生看过，必要的就告诉鲁迅先生，不十分必要的，就先把它放在一处放一放，等鲁迅先生好些了再取出来交给他。然而这家庭里边还有许多琐事，比方年老的娘姨病了，要请两天假；海婴的牙齿脱掉一个要到牙医那里去看过，但是带他去的人没有，又得许先生。海婴在幼稚园里读书，又是买铅笔，买皮球，还有临时出些个花头，跑上楼来了，说要吃什么花生糖，什么牛奶糖，他上楼来是一边跑着一边喊着，许先生连忙拉住了他，拉他下了楼才跟他讲：

“爸爸病啦。”而后拿出钱来，嘱咐好了娘姨，只买几块糖而不准让他格外的多买。

收电灯费的来了，在楼下一打门，许先生就得赶快往楼下跑，怕的是再多打几下，就要惊醒了鲁迅先生。

海婴最喜欢听讲故事，这也是无限的麻烦，许先生除了陪海婴讲故事之外，还要在长桌上偷一点工夫来看鲁迅先生为有病耽搁下来尚未校完的校样。

在这期间，许先生比鲁迅先生更要担当一切了。

鲁迅先生吃饭，是在楼上单开一桌，那仅仅是一个方木桌，许先生每餐亲手端到楼上去，每样都用小吃碟盛着，那小吃碟直径不过二寸，一碟豌豆苗或菠菜或苋菜，把黄花鱼或者鸡之类也放在小碟里端上楼去。若是鸡，那鸡也是全鸡身上最好的一块地方拣下来的肉；若是鱼，也是鱼身上最好一部分，许先生才把它拣下放在小碟里。

许先生用筷子来回地翻着楼下的饭桌上菜碗里的东西，菜拣嫩的，不要茎，只要叶，鱼肉之类，拣烧得软的，没有骨头没有刺的。

心里存着无限的期望，无限的要求，用了比祈祷更虔诚的目光，许先生看着她自己手里选得精精致致的菜盘子，而后脚板触了楼梯上了楼。

希望鲁迅先生多吃一口，多动一动筷，多喝一口鸡汤。鸡汤和牛奶是医生所嘱的，一定要多吃一些的。

把饭送上去，有时许先生陪在旁边，有时走下楼来又做些别的事，半个钟头之后，到楼上去取这盘子。这盘子装的满满的，有时竟照原样一动也没有动又端下来了，这时候许先生的眉头微微地皱了一点。旁边若有什么朋友，许先生就说：“周先生的热度高，什么也吃不落，连茶也不愿意吃，人很苦，人很吃力。”

有一天许先生用波浪式的专门切面包的刀切着面包，是在客厅后边方桌上切的，许先生一边切着一边对我说：

“劝周先生多吃东西，周先生说，人好了再保养，现在勉强吃也是没有用的。”

许先生接着似乎问着我：

“这也是对的？”

而后把牛奶面包送上楼去了。一碗烧好的鸡汤，从方盘里许先生把它端出来了，就摆在客厅后的方桌上。许先生上楼去了，那碗热的鸡汤在方桌上自己悠然地冒着热气。

许先生由楼上回来还说呢：

“周先生平常就不喜欢吃汤之类，在病里，更勉强不下了。”

许先生似乎安慰着自己似的。

“周先生人强，喜欢吃硬的，油炸的，就是吃饭也喜欢吃硬饭……”

许先生楼上楼下地跑，呼吸有些不平静，坐在她旁边，似乎可以听到她心脏的跳动。

鲁迅先生开始独桌吃饭以后，客人多半不上楼来了，经许先生婉言把鲁迅先生健康的经过报告了之后就走了。

鲁迅先生在楼上一天一天地睡下去，睡了许多日子，都寂寞了，有时大概热度低了点就问许先生：

“什么人来过吗？”

看鲁迅先生好些，就一一地报告过。

有时也问到有什么刊物来吗?

鲁迅先生病了一个多月了。

证明了鲁迅先生是肺病，并且是肋膜炎，须藤老医生每天来了，为鲁迅先生把肋膜积水用打针的方法抽净，共抽过两三次。

这样的病，为什么鲁迅先生一点也不晓得呢?许先生说，周先生有时觉得肋痛了就自己忍着不说，所以连许先生也不知道，鲁迅先生怕别人晓得了又要不放心，又要看医生，医生一定又要说休息。鲁迅先生自己知道做不到的。

福民医院美国医生的检查，说鲁迅先生肺病已经二十年了。这次发了怕是很严重。

医生规定个日子，请鲁迅先生到福民医院去详细检查，要照X光的。但鲁迅先生当时就下楼是下不得的，又过了许多天，鲁迅先生到福民医院去检查病去了。照X光后给鲁迅先生照了一个全部的肺部的照片。

这照片取来的那天许先生在楼下给大家看了，右肺的上尖是黑的，中部也黑了一块，左肺的下半部都不大好，而沿着左肺的边边黑了一大圈。

这之后，鲁迅先生的热度仍高，若再这样热度不退，就很难抵抗了。

那查病的美国医生，只查病，而不给药吃，他相信药是没有用的。

须藤老医生，鲁迅先生早就认识，所以每天来，他给鲁迅先生吃了些退热药，还吃停止肺病菌活动的药。他说若肺不再坏下去，就停止在这里，热自然就退了，人是不危险的。

在楼下的客厅里，许先生哭了。许先生手里拿着一团毛线，那是海婴的毛线衣拆了洗过之后又团起来的。

鲁迅先生在无欲望状态中，什么也不吃，什么也不想，睡觉似睡非睡的。

天气热起来了，客厅的门窗都打开着，阳光跳跃在门外的花园里。麻雀来了停在夹竹桃上叫了三两声就飞去，院子里的小孩们唧唧喳喳地玩耍着，风吹进来好像带着热气，扑到人的身上，天气刚刚发芽的春天，变为夏天了。

楼上老医生和鲁迅先生谈话的声音隐约可以听到。

楼下又来客人，来的人总要问：

“周先生好一点吗？”

许先生照常说：“还是那样子。”

但今天说了眼泪又流了满脸。一边拿起杯子来给客人倒茶，一边用左手拿着手帕按着鼻子。

客人问：

“周先生又不大好吗？”

许先生说：

“没有的，是我心窄。”

过了一会鲁迅先生要找什么东西，喊许先生上楼去，许先生连忙擦着眼睛，想说她不上楼的，但左右看了一看，没有人能代替了她，于是带着她那团还没有缠完的毛线球上楼去了。

楼上坐着老医生，还有两位探望鲁迅先生的客人。许先生一看了他们就自己低了头不好意思地笑了，她不敢到鲁迅先生的面前去，背转着身问鲁迅先生要什么呢，而后又是慌忙地把线缕挂在手上缠了起来。

一直到送老医生下楼，许先生都是把背向着鲁迅先生而站着的。

每次老医生走，许先生都是替老医生提着皮提包送到前门外的。许先生愉快地、沉静地带着笑容打开铁门闩，很恭敬地把皮包交给老医生，眼看着老医生走了才进来关了门。

这老医生出入在鲁迅先生的家里，连老娘姨对他都是尊敬的，医生从楼上下来时，娘姨若在楼梯的半道，赶快下来躲开，站到楼梯的旁边。有一天老娘姨端着一个杯子上楼，楼上医生和许先生一道下来了，那老娘姨躲闪不灵，急得把杯里的茶都颠出来了。等医生走过去，已经走出了前门，老娘姨还在那里呆呆地望着。

“周先生好了点吧？”

有一天许先生不在家，我问着老娘姨。她说：

“谁晓得，医生天天看过了不声不响地就走了。”

可见老娘姨对医生每天是怀着期望的眼光看着他的。

许先生很镇静，没有紊乱的神色，虽然说那天当着人哭过一次，但该做什么，仍是做什么，毛线该洗的已经洗了，晒的已经晒起，晒干了的随手就把它团起团子。

“海婴的毛线衣，每年拆一次，洗过之后再重打起，人一年一年地长，衣裳一年穿过，一年就小了。”

在楼下陪着熟的客人，一边谈着，一边开始手里动着竹针。

这种事情许先生是偷空就做的，夏天就开始预备着冬天的，冬天就做夏天的。

许先生自己常常说：

“我是无事忙。”

这话很客气，但忙是真的，每一餐饭，都好像没有安静地吃过。海婴一会要这个，要那个；若一有客人，上街临时买菜，下厨房煎炒还不说，就是摆到桌子上来，还要从菜碗里为着客人选好的夹过去。饭后又是吃水果，若吃苹果还要把皮削掉，若吃荸荠看客人削得慢而不好也要削了送给客人吃，那时鲁迅先生还没有生病。

许先生除了打毛线衣之外，还用机器缝衣裳，剪裁了许多件海婴的内衫裤在窗下缝。

因此许先生对自己忽略了，每天上下楼跑着，所穿的衣裳都是旧的，次数洗得太多，纽扣都洗脱了，也磨破了，都是几年前的旧衣裳，春天时许先生穿了一个紫红宁绸袍子，那料子是海婴在婴孩时候别人送给海婴做被子的礼物。做被子，许先生说很可惜，就拣起来做一件袍子。正说着，海婴来了，许先生使眼神，且不要提到，若提到海婴又要麻烦起来了，一要说是他的，他就要要。

许先生冬天穿一双大棉鞋，是她自己做的。一直到二三月早晚冷时还穿着。

有一次我和许先生在小花园里拍一张照片，许先生说她的纽扣掉了，还拉着我站在她前边遮着她。

许先生买东西也总是到便宜的店铺去买，再不然，到减价的地方去买。

处处俭省，把俭省下来的钱，都印了书和印了画。

现在许先生在窗下缝着衣裳，机器声格哒格哒的，震着玻璃门有些颤抖。

窗外的黄昏，窗内许先生低着的头，楼上鲁迅先生的咳嗽声，都搅混在一起了，重续着、埋藏着力量。在痛苦中，在悲哀中，一种对于生的强烈的愿望站得和强烈的火焰那样坚定。

许先生的手指把捉了在缝的那张布片，头有时随着机器的力量低沉了一两下。

许先生的面容是宁静的、庄严的、没有恐惧的，她坦荡的在使用着机器。

海婴在玩着一大堆黄色的小药瓶，用一个纸盒子盛着，端起来楼上楼下地跑。向着阳光照是金色的，平放着是咖啡色的，他招集了小朋友来，他向他们展览，向他们夸耀，这种玩艺只有他有而别人不能有。他说：

“这是爸爸打药针的药瓶，你们有吗？”

别人不能有，于是他拍着手骄傲地呼叫起来。

许先生一边招呼着他，不叫他喊，一边下楼来了。

“周先生好了些？”

见了许先生大家都是这样问的。

“还是那样子，”许先生说，随手抓起一个海婴的药瓶来：“这不是么，这许多瓶子，每天打针，药瓶也积了一大堆。”

许先生一拿起那药瓶，海婴上来就要过去，很宝贵地赶快把那小瓶摆到纸盒里。

在长桌上摆着许先生自己亲手做的蒙着茶壶的棉罩子，从那蓝缎子的花罩下拿着茶壶倒着茶。

楼上楼下都是静的了，只有海婴快活的和小朋友们的吵嚷躲在太阳里跳荡。

海婴每晚临睡时必向爸爸妈妈说：“明朝会！”

有一天他站在上三楼去的楼梯口上喊着：

“爸爸，明朝会！”

鲁迅先生那时正病的沉重，喉咙里边似乎有痰，那回答的声音很小，海婴没有听到，于是他又喊：

“爸爸，明朝会！”他等一等，听不到回答的声音，他就大声地连串地喊起来：

“爸爸，明朝会，爸爸，明朝会，……爸爸，明朝会……”

他的保姆在前边往楼上拖他，说是爸爸睡下了，不要喊了。可是他怎么能够听呢，仍旧喊。

这时鲁迅先生说“明朝会”，还没有说出来喉咙里边就像有东西在那里堵塞着，声音无论如何放不大。到后来，鲁迅先生挣扎着把头抬起来才很大声地说出：

“明朝会，明朝会。”

说完了就咳嗽起来。

许先生被惊动得从楼下跑来了，不住地训斥着海婴。

海婴一边哭着一边上楼去了，嘴里唠叨着：

“爸爸是个聋人哪！”

鲁迅先生没有听到海婴的话，还在那里咳嗽着。

鲁迅先生在四月里，曾经好了一点，有一天下楼去赴一个约会，把衣裳穿的整整齐齐，手下夹着黑花布包袱，戴起帽子来，出门就走。

许先生在楼下正陪客人，看鲁迅先生下来了，赶快说：

“走不得吧，还是坐车子去吧。”

鲁迅先生说：“不要紧，走得动的。”

许先生再加以劝说，又去拿零钱给鲁迅先生带着。

鲁迅先生说不要不要，坚决地走了。

“鲁迅先生的脾气很刚强。”

许先生无可奈何的，只说了这一句。

鲁迅先生晚上回来，热度增高了。

鲁迅先生说：

“坐车子实在麻烦，没有几步路，一走就到。还有，好久不出去，愿意走走……动一动就出毛病……还是动不得……”

病压服着鲁迅先生又躺下了。

七月里，鲁迅先生又好些。

药每天吃，记温度的表格照例每天好几次在那里画，老医生还是照常地来，说鲁迅先生就要好起来了。说肺部的菌已经停止了一大半，肋膜也好了。

客人来差不多都要到楼上来拜望拜望。鲁迅先生带着久病初愈的心情，又谈起话来，披了一张毛巾子坐在躺椅上，纸烟又拿在手里了，又谈翻译，又谈某刊物。

一个月没有上楼去，忽然上楼还有些心不安，我一进卧室的门，觉得站也没地方站，坐也不知坐在哪里。

许先生让我吃茶，我就依着桌子边站着。好像没有看见那茶杯似的。

鲁迅先生大概看出我的不安来了，便说：

“人瘦了，这样瘦是不成的，要多吃点。”

鲁迅先生又在说玩笑话了。

“多吃就胖了，那么周先生为什么不多吃点？”

鲁迅先生听了这话就笑了，笑声是明朗的。

从七月以后鲁迅先生一天天地好起来了，牛奶，鸡汤之类，为了医生所嘱也隔三差五地吃着，人虽是瘦了，但精神是好的。

鲁迅先生说自己体质的本质是好的，若差一点的，就让病打倒了。

这一次鲁迅先生保持了很长时间，没有下楼更没有到外边去过。

在病中，鲁迅先生不看报，不看书，只是安静地躺着。但有一张小画是鲁迅先生放在床边上不断看着的。

那张画，鲁迅先生未生病时，和许多画一道拿给大家看过的，小得和纸烟包里抽出来的那画片差不多。那上边画着一个穿大长裙子飞散着头发的女人在大风里边跑，在她旁边的地面上还有小小的红玫瑰的花朵。

记得是一张苏联某画家着色的木刻。

鲁迅先生有很多画，为什么只选了这张放在枕边。

许先生告诉我的，她也不知道鲁迅先生为什么常常看这小画。

有人来问他这样那样的，他说：

“你们自己学着做，若没有我呢！”

这一次鲁迅先生好了。

还有一样不同的，觉得做事要多做……

鲁迅先生以为自己好了，别人也以为鲁迅先生好了。

准备冬天要庆祝鲁迅先生工作三十年。

又过了三个月。

一九三六年十月十七日，鲁迅先生病又发了，又是气喘。

十七日，一夜未眠。

十八日，终日喘着。

十九日的下半夜，人衰弱到极点了。天将发白时，鲁迅先生就像他平日一样，工作完了，他休息了。

# 致许先生

许先生：

还是在十二月里，我听说霞飞坊着火，而被烧的是先生的家。这谣传很久了，不过我是十二月听到的。看到你的信，我才知道，晓得那件事已经很晚了，那还是十月里的事情。但这次来的很好，因为关心这件事情的人太多，延安和成都，都有人来信问过。再说二周年祭，重庆也开了会，可是那时候我不能去参加，那理由你也晓得的。你说叫我收集一些当时的报纸，现在算起，过了两个月了，但怕你的贴报簿仍没有重庆的篇幅，所以我还是在收集，以后挂号寄上。因为过时之故，所以不能收集得快，而且也怕不全。这都是我这样的年轻人做事不留心的缘故，不然何必现在收集呢？不是本来应该留起的吗？

名叫《鲁迅》的刊物，至今尚未出。替转的那几张信，谢谢你。你交了白卷，我不生气（因为我不敢），所以我也不小气，打算给你写文的。不知现在时间已过你要不要？

《鲁迅》那刊物不该打算出得那样急，为的是赶二周年。因为周先生去世之后，算算自己做的事情太少，就心急起来。心急是不行的，周先生说过，这心急要拉得长，所以这刊物我始终计算着，有机会就要出的。年底看，在这一年中，各种方法我都想，想法收集稿子，想法弄出版关系，即最后还想自己弄钱。这三条都是要紧的，尤其是关于稿子。这刊物要名实合一，要外表也漂亮，因为导师喜欢好的装修（漂亮书），因为导师的名字不敢侮辱，要选极好极好的作品，做编辑的要铁面无私，要宁缺勿滥；所以不出月刊，不出定期刊，有钱有稿就出一本，不管春夏秋冬，不管三月五月，整理好就出一本，本头要厚，出一本就是一本。载一长篇，三两篇短篇，散文一篇，诗有好的要一篇，没有好的不要。关于周先生，要每期都有关于他的文章。研究，传记，……所以先想请你作传记的工作（就是写回忆文），这很对不起，我不应该就这样指定，我的意思不是指定，就是请你具体的赞同。还请茅盾先生，台静农先生……若赞同就是写稿。但这稿也并不收在我手里（登出一期，再写信讨来一段），因为内地警报多，怕烧毁。文章越长越好，研究我们的导师非长文不够用。在这一年之中，大概你总可写出几万字的，就是这刊物不管怎样努力也不能出的话，那时就请你出单行本吧，我们都是要读的。导师的长处，我们知道得太少了，想做好人是难的。其实导师的文章就够了，绞了那么多心血给我们还不够吗？但是我们这一群年轻人非常笨，笨得就像一块石，假若看了导师怎样对朋友，怎样谈闲天，怎样看电影，怎样包一本书，怎样用剪子连包书的麻绳都剪得整整齐齐。那或者帮助我们做成一个人更快一点，因为我们连吃饭走路都得根本学习的，我代表青年们向你呼求，向你要索。

我们在这里一谈起话来就是导师导师，不称周先生也不称鲁迅先生，你或者还没有机会听到，这声音是到处响着的，好像街上的车轮，好像檐前的滴水。（下略）

萧红上，3 月 14 日。

# 致萧军

## 日本东京——青岛

（1936 年 8 月 17 日发）

均：

今天我才是第一次自己出去走个远路，其实我看也不过三五里，但也算了，去的是神保町，那地方的书局很多，也很热闹，但自己走起来也总觉得没什么趣味，想买点什么，也没有买，又沿路走回来了。觉得很生疏，街路和风景都不同，但有黑色的河，那和徐家汇一样，上面是有破船的，船上也有女人，孩子。也是穿着破皮衣裳。并且那黑水的气味也一样。像这样的河巴黎也会有！

你的小伤风既然伤了许多日子也应该管它，吃点阿司匹林吧！一吃就好。

现在我庄严的告诉你一件事情，在你看到之后一定要在回信上写明！就是第一件你要买个软枕头，看过我的信就去买！硬枕头使脑神经很坏。你若不买，来信也告诉我一声，我在这边买两个给你寄去，不贵，并且很软。第二件你要买一张当作被子来用的有毛的那种单子，就像我带来那样的，不过更该厚点。你若懒得买，来信也告诉我，也为你寄去。还有，不要忘了夜里不要（吃）东西。没有了。以上这就是所有的这封信上的重要事情。

照像机现在你也有用了，再寄一些照片来。我在这里多少有点苦寂，不过也没什么，多写些东西也就添补起来了。

旧地重游是很有趣的，并且有那样可爱的海！你现在一定洗海澡去了好几次了？但怕你没有脱衣裳的房子。

你再来信说你这样好那样好，我可说不定也去，我的稿费也可以够了。你怕不怕？我是和（你）开玩笑，也许是假玩笑。

你随手有什么我没看过的书也寄一本两本来！实在没有书读，越寂寞就越想读书，一天到晚不说话，再加上一天到晚也不看一个字我觉得很残忍，又像我从（前）在旅馆一个人住着的那个样子。但有钱，有钱除掉吃饭也买不到别的趣味。

祝好。

萧上　八月十七日

## 日本东京——青岛

（1936 年 8 月 27 日发）

均：

我和房东的孩子很熟了，那孩子很可爱，黑的，好看的大眼睛，只有五岁的样子，但能教我单字了。

这里的蚊子非常大，几乎是我从来没有见过的。

那回在游泳池里，我手上受的那块小伤，到现在还没有好。肿一小块，一触即痛。现在我每日二食，早食一毛钱，晚食两毛或一毛五，中午吃面包或饼干。或者以后我还要吃的好点，不过，我一个人连吃也不想吃，玩也不想玩，花钱也不愿花。你看，这里的任何公园我还没有去过一个，银座大概是漂亮的地方，我也没有去过，等着吧，将来日语学好了再到处去走走。

你说我快乐的玩吧！但那只有你，我就不行了，我只有工作、睡觉、吃饭，这样是好的，我希望我的工作多一点。但也觉得不好，这并不是正常的生活，有点类似放逐，有点类似隐居。你说不是吗？若把我这种生活换给别人，那不是天国了吗？其实在我也和天国差不多了。

你近来怎么样呢？信很少，海水还是那样蓝么？透明吗？

浪大吗？崂山也倒真好？问得太多了。

可是，六号的信，我接到即回你，怎么你还没有接到？这文章没有写出，信倒写了这许多。但你，除掉你刚到青鸟的一封信，后来十六号的（一）封，再就没有了，今天已经是二十六日。我来在这里一个月零六天了。

现在放下，明天想起什么来再写。

今天同时接到你从崂山回来的两封信，想不到那小照像机还照得这样好！真清楚极了，什么全看得清，就等于我也逛了崂山一样。

说真话，逛崂山没有我同去，你想不到吗？

那大张的单人像，我倒不敢佩服，你看那大眼睛，大得我从来都没有看见过。

两片红叶子（已）经干干的了，我记得我初认识你的时候，你也是弄了两张叶子给我，但记不得那是什么叶子了。

孟有信来，并有两本《作家》来。他这样好改字换句的，也真是个毛病。

“瓶子很大，是朱色，调配起来，也很新鲜，只是……”

这“只是”是什么意思呢？我不懂。

花皮球走气，这真是很可笑，你一定又是把它压坏的。

还有可笑的，怎么你也变了主意呢？你是根据什么呢？那么说，我把写作放在第一位始终是对的。

我也没有胖也没有瘦，在洗澡的地方天天过磅。

对了，今天整整是二十七号，一个月零七天了。

西瓜不好那样多吃，一气吃完是不好的，放下一会再吃。

你说我滚回去，你想我了吗？我可不想你呢，我要在日本住十年。

我没有给淑奇去信，因为我把她的地址忘了，商铺街十号还是十五号？还是内十五号呢？正想问你，下一信里告诉我吧！

那么周走了之后，我再给你信，就不要写周转了？

我本打算在二十五号之前再有一个短篇产生，但是没能够，现在要开始一个三万字的短篇了。给《作家》十月号。完了就是童话了。我这样童话来，童话去的，将来写不出，可应该觉得不好意思了。

东亚还不开学，只会说几个单字，成句的话，不会。房东还不错，总算比中国房东好。

你等着吧！说不定那一个月，或那一天，我可真要滚回去的。到那时候，我就说你让我回来的。

不写了。

吟　八月廿七晚七时

祝好。

你的信封上带一个小花我可很喜欢，起初我是用手去掀的。

东京　町区富士见町，二丁目九一五中村方

## 日本东京——青岛

（1936年9月21日发）

均：

昨天和今天都是下雨，我上课回来是遇着毛毛雨，所以淋得不很湿。现在我有雨鞋了，但，是男人的样子，所以走在街上有许多人笑，这个地方就是如此守旧的地方，假若衣裳你不和她们穿得同样，谁都要笑你，日本女人穿西装，啰里啰嗦，但你也必得和她一样啰嗦，假若整齐一些，或是她们没有见过的，人们就要笑。

上课的时间真是够多的，整个下半天就为着日语消费了去。今天上到第三堂的时候，我的胃就很痛，勉强支持过来了。

这几天很凉了，我买了一件小毛衣（二元五），将来再冷，我就把大毛衣穿上。我想我的衣裳一定可以支持到下月半。

我很爱夜，这里的夜，非常沉静，每夜我要醒几次的，每醒来总是立刻又昏昏的睡去，特别安静，又特别舒适。早晨也是好的，阳光还没晒到我的窗上，我就起来了，想想什么，或是吃点什么。这三两天之内，我的心又安然下来了。什么人什么命，吓了一下，不在乎。

孟有信来，说我回去吧！在这住有什么意思呢？

现在我一个人搭了几次高架电车，很快，并且还钻洞，我觉得很好玩，不是说好玩，而说有意思。因为你说过，女人这个也好玩那个也好玩。上回把我丢了，因为不到站我就下来了，走出了车站看看不对，那么往哪里走呢？我自己也不知道，瞎走吧，反正我记住了我的住址。可笑的是华在的时候，告诉我空中飞着的大气球是什么商店的广告，那商店就离学校不远，我一看到那大球，就奔着去了。于是总算没有丢。

虹没有信来，你告诉他也不要来信了，别人也告诉不要来信了。

这是你在青岛我给你的末一封信。再写信就是上海了。船上买一点水果带着，但不要吃鸡子，那东西不消化。饼干是可以带的。

祝好。

小鹅　九月二十一日

## 日本东京——上海

（1936 年 12 月 15 日发）

三郎：

我没有迟疑过，我一直是没有回去的意思，那不过偶尔说着玩的。至于有一次真想回去，那是外来的原因，而不（是）我自己的自动。

大概你又忘了，夜里又吃东西了吧？夜里在外国酒店喝酒，同时也要吃点下酒的东西的，是不是？不要吃，夜里吃东西在你很不合适。

你的被子比我的还薄，不用说是不合用的了，连我的夜里也是凉凉的。你自己用三块钱去买一张棉花，把你的被子带到淑奇家去，请她替你把棉花加进去。如若手头有钱，就到外国店铺买一张被子，免得烦劳人。

我告诉你的话，你一样也不做，虽然小事，你就总使我不安心。

身体是不很佳，自己也说不出有什么毛病，沈女士近来一见到就说我的面孔是膨胀的，并且苍白。我也相信，也不大相信，因为一向是这个样子，就没稀奇了。

前天又重头痛一次，这虽然不能怎样很重的打击了我（因为痛惯了的原故），但当时那种切实的痛苦无论如何也是真切的感到。算来头痛已经四五年了，这四五年中头痛药，不知吃了多少。当痛楚一来到时，也想赶快把它医好吧，但一停止了痛楚，又总是不必了。因为头痛不至于死，现在是有钱了，连这样小病也不得了起来，不是连吃饭的钱也刚刚不成问题吗？所以还是不回去。

人们都说我身（体）不好，其实我的身（体）是很好的，若换一个人，给他四、五年间不断的头痛，我想不知道他的身体还好不好？所以我相信我自己是健康的。

周先生的画片，我是连看也不愿意看的，看了就难过。海婴想爸爸不想？

这地方，对于我是一点留恋也没有，若回去就不用想再来了，所以莫如一起多住些日子。

现在很多的话，都可以懂了，即是找找房子，与房东办办交涉也差不多行了。大概这因为东亚学校钟点太多，先生在课堂上多半也是说日本话的。现在想起初来日本的时候，华走了以后的时候，那真是困难到极点了。几乎是熬不住。

珂，既然家有信来，还是要好好替他打算一下，把利害说给他，取决当然在于他自己了，我离得这样远，关于他的情形，我总不能十分知道，上次你的信是问我的意见，当时我也不知为什么他来到了上海。他已经有信来，大半是为了找我们，固然他有他的痛苦，可是找到了我们，能知道他接着就不又有新的痛苦吗？虽然他给我的信上说着“我并不忧于流浪”，而且又说，他将来要找一点事做，以维持生活，我是知道的，上海找事，哪里找去。我是总怕他的生活成问题，又年轻，精神方面又敏感，若一下子挣扎不好，就要失掉了永久的力量。我看既然与家庭没有断掉关系，可以到北平去读书，若不愿意重来这里的话。

这里短时间住住则可，把日语学学，长了是熬不住的，若留学，这里我也不赞成，日本比我们中国还病态，还干苦（枯），这里没有健康的灵魂，不是生活。中国人的灵魂在全世（界）中说起来，就是病态的灵魂，到了日本，日本比我们更病态，既是中国人，就更不应该来到日本留学，他们人民的生活，一点自由也没有，一天到晚，连一点声音也听不到，所有的住宅都像空着，而且没有住人的样子。一天到晚歌声是没有的，哭笑声也都没有。夜里从窗子往外看去，家屋就都黑了，灯光也都被关于板窗里面。日本人民的生活，真是可怜，只有工作，工作得和鬼一样，所以他们的生活完全是阴森的。中国人有一种民族的病态，我们想改正它还来不及，再到这个地方和日本人学习，这是一种病态上再加上病态。我说的不是日本没有可学的，所差的只是他的不健康处也正是我们的不健康处，为着健康起见，好处也只得丢开了。

再说另一件事，明年春天，你可以自己再到自己所愿的地方去消（逍）遥一趟。我就只消（逍）遥在这里了。

礼拜六夜（即十二日）我是住在沈女士住所的，早晨天还未明，就读到了报纸，这样的大变动使我们惊慌了一天，上海究竟怎么样，只有等着你的来信。

新年好。

荣子　十二月十五日

# 致华岗

## （一）一九四〇年六月二十四日

西园先生：

你多久没有来信了，你到别的地去了吗？或者你身体不大好！甚念。

我来到香港还是第一次写信给你，在这几个月中，你都写了些什么了？你一向住到乡下就没有回来？到底是隔得太远了，不然我会到大田湾去看你一次的。

我们虽然住在香港，香港是比重庆舒服得多，房子吃的都不坏，但是天天想回重庆，住在外边，尤其是我，好像是离不开自己的国土的。香港的朋友不多，生活又贵。所好的是文章到底写出来了，只为了写文章还打算再住一个期间。端木和我各写了一长篇，都交生活出版去了。端木现在写论鲁迅。今年八月三日为鲁迅先生六十生辰，他在做文纪念。我也打算做一文章的，题目尚未定，不知关于这纪念日你要做文章否？若有，请寄文艺阵地，上海方面要扩大纪念，很欢迎大家多把放在心里的理论和感情发挥出来。我想这也是对的，我们中国人，是真正的纯粹的东方情感，不大好的，“有话放在心里，何必说呢”“有痛苦，不要哭”“有快乐不要笑”。比方两个朋友五六年不见了，本来一见之下，很难过，又很高兴，是应该立刻就站起来，互相热烈的握手。但是我们中国人是不然的，故意压制着，装做若无其事的样子，装做莫测高深的样子，好像他这朋友不但不表现五年不见，看来根本就像没有离开过一样。你说我说得对不对？我可真是借机发挥了议论了。

我来到了香港，身体不大好，不知为什么，写几天文章，就要病几天。大概是自己体内的精神不对，或者是外边的气候不对。端木甚好。下次再谈吧！希望你来信。

沈山婴大概在地上跑着玩了吧？沈先生沈夫人一并都好。

萧红

六月二十四日

（重庆这样轰炸，也许沈家搬了家了。这信我寄交通部）

## （二）一九四〇年七月七日

园兄：

七月一日信，六日收到。

民族史至今尚未印出，听说上海纸贵，出版商都在观望，等便宜时才买纸来印。可不知何时纸才便宜。

正如兄所说，香港亦非安居之地。近几天正打算走路，昆明不好走，广州湾不好走，大概要去沪转宁波回内地。不知沪上风云如何，正在考虑。离港时必专函奉告，勿念。

胡风有信给上海迅夫人，说我秘密飞港，行止诡秘。他倒很老实，当我离渝时，我并未通知他，我欲去港，既离渝之后，也未通知他，说我已来港，这倒也难怪他说我怎样怎样。我想他大概不是存心侮陷。但是这话说出来，对人家是否有好处呢？绝对的没有，而且有害的。中国人就是这样随便说话，不管这话轻重，说出来是否有害于人。假若因此害了人，他不负责任，他说他是随便说说呀！中国人这种随便，这种自由自在的随便，是损人而不利己的。我以为是不大好的。专此敬祝健康。

萧　七月七日

并附两信，烦一齐转文艺协会。

## （三）一九四〇年七月二十八日

园兄：

七月廿日来信，前两天收到，所附之信皆为转去，甚感。香港似又可住一时了，您的关切，我们都一一考虑了。远在万里之外，故人仍为故人计，是铭心感切的。

民族史一事，我已函托上海某书店之一熟人代为考查去了，此书不但您想见到，我也想很快的看到。不久当有回信来，那时当再奉告。

关于胡之乱语，他自己不去撤消，似乎别人去谏一点意，他也要不以为然的，那就是他不是糊涂人，不是糊涂人说出来的话，还会不正确的吗？他自己一定是以为很正确。假若有人去解释，我怕连那去解释的人也要受到他心灵上的反感。

那还是随他去吧！

想当年胡兄也受到过人家的侮陷，那时是还活着的周先生把那侮陷者给击退了。现在事情也不过三五年，他就出来用同样的手法对待他的同伙了。呜呼哀哉！

世界是可怕的，但是以前还没有自身经历过，也不过从周先生的文章上看过，现在却不了，是实实在在来到自己的身上了。当我晓得了这事时，我坐立不安的度过了两个钟头，那心情是很痛苦的。过后一想，才觉得可笑，未免太小孩子气了。开初而是因为我不能相信，纳闷，奇怪，想不明白。这样说似乎是后来想明白了的样子，可也并没有想明白，因为我也不想这些了。若是越想越不可解，岂不想出毛病来了吗？

您想要替我解释，我是衷心的感激，但话不要了。

今天我是发了一大套牢骚，好像不是在写信，而是像对面坐着在讲话的样子。不讲这套了。再说这八月份的工作计划。在这一个月中，我打算写完一长篇小说，内容是写我的一个同学，因为追求革命，而把恋爱牺牲了。那对方的男子，本也是革命者，就因为彼此都对革命起着过高的热情的浪潮，而彼此又都把握不了那革命，所以那悲剧在一开头就已经注定的了。但是一看起来他们在精神上是无时不在幸福之中。但是那种幸福就像薄纱一样，轻轻的就被风吹走了。结果是一个东，一个西，不通音信，男婚女嫁。在那默默的一年一月的时间中，有的时候，某一方面听到了传闻那哀感是仍会升起来的，不过不怎具体罢了。就像听到了海上的难船的呼救似的，辽远，空阔，似有似无。同时那种惊惧的感情，我要把它写出来。假若人的心上可以放一块砖头的话，那么这块砖头再过十年去翻动它，那滋味就绝不相同于去翻动一块放在墙角的砖头。

写到这里，我想起那次您在饺子馆讲的那故事来了。您说奇怪不奇怪？专此敬祝

安好。

萧　七月廿八日

附上所写稿“马伯乐”长篇小说的最前的一章，请读一读，看看马伯乐这人是否可笑！因有副稿，读后，请转中苏文化交曹靖华先生。

又及

## （四）一九四〇年八月二十八日

（此信内共附二张文章，三张信，除了姚先生的信请转去外，其余的都没有用了）

华兄：

民族史出版了，为你道贺。

你十三日的信早已收到，只等上海你的书寄来，好再作复信，不知为何，等了又等，至今未到。我已写信去再问去了，并请那人直接寄你一本。因近来

香港不收寄到重庆去的包裹和书籍，就是我前些日子所寄的《马伯乐》的一稿你也不能收到，因为那稿我竟贴了邮票就丢进信箱里去的。

现在又得那书出版的广告，一并寄上，因为背面有鲁迅纪念生辰的文章，所以不剪下来，一并寄上看看，在乡间大概甚为寂寞的。

你十三日的信，我看了，而且理解了，是实在的，真是那种情形，可不知道那一天会好，新贵，我看还没怎样的贵，也许真贵了就好了。前些日子的那些牢骚，看了你的信也就更消尽了，勿念。正在写文章，写得比较快，等你下一封信来，怕是就写完了。不在一地，不能够拿到桌子共看，真是扫兴。你这一年来身体好否？为何来信不提？现在又写什么了？专此匆匆不尽。

祝好。

萧上

八月廿八日

信未发又来了上海的信，顺便也寄上看一看吧。那年能看到书真是天晓得！寄我的那本，我至今也未收到，已经二十天了。等我再去信问吧。